想象另一种可能

理
想
国

imaginist

三谷龍二の10センチ

10公分

[日] 三谷龙二 著

王彤 译

中国美术学院出版社
· 杭州 ·

目 录

前言

某日，在街头散步时，我邂逅了一栋原本用来售卖烟草的小房子。在听说这栋房子就要被拆掉后，我立刻有了想把它留下的冲动，于是决定买下后经营自己的店铺。就像陀螺忽然嗖地转了一圈那样，我几乎一瞬间就在心里为这家店取好了名字——"10公分"。凭我个人的经验，深思熟虑得来的东西往往比不上突如其来的灵感，于是便欣然接受了这个偶然闯入脑中的名字。

虽然不知道此后如何发展，但这种未知本身就很令人愉快。

在"10公分"门口，我没有选择摆放广告牌，取而代之的是一辆法国产的儿童自行车。这是因为以前很喜欢的一家咖啡店的门口也总放着一辆自行车，我一直很中意那种物品静置的感觉，想要模仿一下。

这么说来，我想起自己在制作第一届手工艺品展的宣传海报时也画了自行车。自行车虽然是人造的工具，但造型完美，没有一点多余的元素，所有的零件都是全世界通用，可以自由搭配配件。而且因为没有发动机，给环境造成的压力也较小。最重要的是，不管是在城市中还是在森林里，有自行车出现的风景总是呈现出特殊的魅力。

我曾听设计师皆川明讲过一个关于丹麦渔夫的故事。丹麦的渔夫小时候会先在一只小船上学习垂钓，等长大能够独当一面后才出海捕鱼，但在将要结束自己漫长的渔猎生活之前，又会回到近海，在小船上垂钓。

听完这个故事后，我觉得"10公分"也许就是自己的那只"小船"。虽然暂时还会在"远洋"工作一阵子，但已经觉得有必要一点一点整理工作，再寻回那个没有自我膨胀、与最初时等身大的自己。比如，可以在安静的工作期间，偶尔去店里跟客人们愉快地交谈。我感到自己找到了在"10公分"这条小船上生活的正确方法。

随着自我技术的提高、对专业研究的深入，人们往往会换上一张严肃纠结的面孔，有的变成老师，有的甚至变成"仙人"住到深山里去，总之会变得跟平常生活的状态不一样。最极端者还会搞得神灵附体一般。但这种做法有时其实是错误的，如果摆出一张严肃纠结的面孔就可以解决问题的话，从某种意义上来说也就没必要纠结了。

我不做仙人，我总是想要住在城镇附近。这是因为如果不与人、不与社会接触的话，头脑中的创意就会像断了线的风筝一样远离现实。我是绝不喜欢远离现实的。我希望可以一直做一个世俗中人，永远不要失掉那份潇洒，希望城市里的灯火在我心中摇曳。普通生活之中也有丰富的内涵，我想生活在这多姿多彩之中。

「10公分」开张的原委

关于这座小城

我是 25 岁以后才搬到松本市的。搬来这里并不是受了谁的影响，也不是来投奔谁，而是突然只身空降于此。即便如此，这座小城还是以温暖的怀抱迎接我的到来。此后我在这里开设工作室，成立家庭，并且认识了许多朋友。松本市的优点是，所有的城市功能机构都集中在小城的中心，而且由于面积不大，开车一小会儿就可以置身于山清水秀的大自然之中。我喜欢这种城镇与自然的平衡。

"10 公分"所在的这栋建筑，因其微缩感独具魅力。大型建筑物和宽阔的马路会给人一种疏远、不亲近的感觉，"10 公分"则仿佛可以与过往的行人挨个打招呼一样，十分具有亲和力。这座在市政建设的夹缝中残存的小屋，简直像是维吉尼亚·李·伯顿[1]的绘本《小房子》（石井桃子译，岩波书店）中描绘的模样。

1　维吉尼亚·李·伯顿（Virginia Lee Burton, 1909—1968）：美国女画家，被称为"20世纪美国最具代表性的绘本作家"。代表作有：《逃跑的小火车头》（1937）、《迈克·马力甘和他的蒸汽挖土机》（1939）、《小房子》（1942）、《生命的故事》（1962），其中《小房子》为她赢得了美国最权威的绘本奖凯迪克金奖（1943）。——译者注，本书注释如无特殊说明，均为译者注。

说起绘本，让我想起《彼得兔》的作者毕翠克丝·波特[1]曾用自己的财产一点一点购买湖畔的土地，以这种方式守护美丽的自然，使其免遭开发。她教给我们的并不只是把自己喜欢的东西从公家手中买过来，而是即便是一己之力也可以发挥有限的能量。

这个卖烟的小店铺当然不是什么历史遗留的名胜古迹，但对周围的居民来说，一座惹人喜爱的建筑物消失毕竟是一种遗憾。家庭建设以及城市的再开发都逐渐改变着我们的居住环境。虽然这是不可避免的，但如果什么都拆掉重建的话，会将时间留下的不可复制的遗产全部丢弃。我觉得这实在是太可惜了。实际上，这座小屋也在"将空地改建成停车场"的计划之内。

然而，这个卖烟的小店最后却幸运地留了下来。据说在日语中，"传统"一词还可以写作"传灯"，我觉得能够把这所熄灭了灯光的小屋重新点亮，实在是太好了。

某日，大桥步女士为了给杂志 *Arne*[2] 取材，来到了松本。她逛了很多店铺，吃了当地的荞麦面，然后在我工作室的露台上说

---

1 毕翠克丝·波特（Beatrix Potter，1866—1943）：英国童话作家。1893 年，毕翠克丝·波特为了安慰一个生病的小男孩，编了一个小故事，并写在信里寄给他，这就是"彼得兔"故事的雏形。1902 年，绘本《彼得兔的故事》正式出版发行，并获得了惊人的成功。

2 *Arne*：日本著名生活杂志，由大桥步独立企划、摄影、编辑。

了一番话："松本是座很好的小城，虽然我还想再来一次，但要是再多两三家有特色的小店供外地人光顾就更有意思了。"

这段话给我留下了深刻的印象。如果细思这座小城的魅力，就会发现她的建议确实很正确。

我在旅行的时候，当然也会去一些名胜古迹，但最令人愉快的还是拜访当地一些别具魅力的小店。这些小店有的会在比较偏僻的地方，但只要自己感兴趣，即使偏僻，我也会克服各种交通上的不便赶往那里。我认为，当下很多人放弃参团旅行而选择自由行，就是因为想这样出游。因此，一家好的店铺对于城市整体魅力来说变得越来越重要了。

我要开"10公分"这家小店，正是为了回应旅行者们"要是再多两三家有特色的小店就好了"的心情。当然，我或许无法保证每天都开门，也很担心大家是否会觉得这家店有趣，但哪怕只是让大家觉得这间古旧的卖烟小屋很有情调，对我来说就够了。

"10公分"的由来

我决定给我的小店起名"10公分"。

"为什么要叫'10公分'呢？"我曾无数次被问到这个问题。但其实这个名字并没有什么深刻的含义，主要是觉得它朗朗上口又令人过目不忘，还会让人联想起小学生文具盒里的尺子。此外，由于做木工的时候总会测量长度，因此或许"10公分"这类计量单位在潜意识中就跟我有着千丝万缕的联系。其实，店名没有什么意义的话，反倒更令人轻松、舒适。"10公分"没有深刻的含义，只是单纯的计量单位，很合适。

我记得大概是五年前，具体忘记是在哪里了，总之是在一个古董店，我发现了一块拓印用的金属模板，上面镂空的图案正是"10cm"。当然，那时我也没有想过自己要开店，只是觉得"如果有一天我有了一家自己的小店，这样的店名应该不错吧"。于是虽然弄不清喜欢的缘由，我还是不由自主地买下了这块模板。偶然间遇到的这块写有"10cm"的金属板成为了店名的由来。

不过，这块模板原本是用来做什么的呢？

模板拓印的文字常见于港口、码头，一些被装载的货物及货盘上会印着"10cm""20cm",来标记木材或金属材料的尺寸。这么说来,运苹果的木箱上印着的"国光""红玉"等字样,也是模板拓印的。这种拓印的质感同木箱粗糙的纹理很相配。

结果,我在还没有想好店铺经营什么之前就先把店名取好了,在很多人眼里,这种做法或许真的挺奇怪,简直像是过家家。

女孩子的过家家通常都是以家庭为舞台进行角色扮演,而男孩子的过家家则是两手拿着小怪兽打来打去,或是在游乐场的各种设施上把自己幻想成真正的飞行员进行"激烈"的空战。

我好像还是在玩过家家,只不过是升级版的过家家。已经一把年纪了,还在玩过家家。不由感叹自己"还真是长不大了啊",心中略有一丝失落。

我的工作室在一片苹果园中。如果把椅子摆到露台上,会感觉这里瞬间变成了令人心情愉悦的露天咖啡馆。于是我给露台取名"SUIJINYAMA CAFÉ"(随便取的)。之后,为了招待朋友我又添置了一个有桌子的席位,对他们说着"欢迎光临",玩起了经营咖啡馆的过家家。咖啡馆的名字来自工作室所在地的地名——水神山[1]。

---

1 "水神山"的日语发音为 SUI JIN YAMA。

不过，名字真的是很有趣的东西。我玩的开店游戏也是一样，只是有了一个名字，就立马让小小的露台看起来像是一家店了，这确实有点不可思议。后来我又做了一些印有"SUIJINYAMA CAFÉ"的标签。我想，这类升级版的过家家与带有"10cm"图案的模板之间有着某种联系吧。

每年五月在松本市举行的野外手工艺作品展期间，我还会玩一个开酒吧的游戏。展会的第一天傍晚，我们会将草坪作为展出者与参观者交流的场所，组织乐队演出并提供酒水，我将这块场地命名为"Bar五月亭"。由于我们的酒吧是露天的，所以气氛还是很不错的。

电影《教父》中有许多露天派对的镜头。在海边宽阔的草坪上，并排放着许多白色的遮阳棚，遮阳棚下身着盛装的人们围着餐桌用餐，舞台上的管弦乐队演奏着动人的音乐，一派愉快祥和的景象。我看到这些镜头时心里就在想："啊，这种场景简直太美好了。"也许就是我那时的想法，催生了后来的"Bar五月亭"。

从游戏中产生的东西会一直带有浓重的游戏色彩。相反，经过严密计划、认真思考而得来的东西往往略带死板。游戏中有喧嚣的气氛、盛大的场面，这才是令人愉悦的地方。

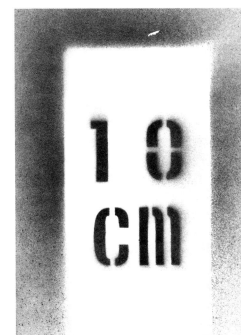

翻新的乐趣

越来越多的人喜欢上了住翻新的旧房子。前不久我还觉得崭新的东西比较有型，自从搬来这里后，"崭新"所拥有的魅力好像大幅消减了。相反，我感受到时间沉积的魅力，这种魅力就像是穿惯了的夹克衫那样合体舒适，像一棵枝繁叶茂的大树使人内心深处感到安定。我认为这种魅力源自人们对旧物价值的再发现。因此，在做翻新的时候，我想尽量不破坏魅力无限的时光印记。重要的是，既保留下时光的印记，又在此基础上添置我们现代化生活中的必需品。如果掌握好新旧的平衡，所产生的新鲜感就会超越物件本身的"崭新"，我们也会得到一个层次更丰富的空间。我认为，"时间"确实有着神奇的力量。

这次我在翻新"10公分"时也感受到了无限乐趣。因为是翻新改造，所以房子的面积、结构、墙面的位置是固定的，由不得我随意发挥。然而这种限制却相当有趣。我接受了现有条件，在限定范围内下功夫，在众多方案中取舍，最后确定出最佳方案。"这面墙要怎么办？""就这样弄一下吧。"整个翻新过程中不断重复着这样的问答，就像爵士乐中的即兴演奏，有点见招拆招的意思。

我去"10 公分"的施工现场时，想起自己上小学时就很喜欢观看施工中的建筑。那时，如果在上学路上有正在施工的民房，我总是要停下来聚精会神地观察辛勤劳作的木工们。

一天傍晚，我又路过这个工地时，正巧工人们都下班了，工地上一个人也没有，于是我悄悄走近这个建筑，掀开防噪帘，想仔细观看内部情况。里面已经立着几根支撑结构的柱子了，在高处还露着几根椽子，地板上整齐地摆放着工具箱和许多从未见过的机械。我闻到刚刚被切削完的木头散发的香味。这里有一种演出后台般的粗糙氛围，与自己平时看到的"家"的样子完全不同，简直是一个充满力量的神奇空间。我无论如何都想把工地上的这种氛围带回家，于是捡了两三块掉在脚边的废木料。

以前我们经常搬家。搬家的时候，会把所有的家具、生活用品都搬出去。这时家里就什么都没有了，突然间只剩下一个四壁徒然的空屋子。每当这个时候，我都会下意识地看看天花板。平时生活中很少有人会去留意天花板，但当家里被搬空的时候，我的视线便不由自主往上走了。墙面和地板上都留下了之前摆放家具的痕迹，唯独天花板没有受到一点损伤，还像新的一样。

"10 公分"的翻新是从揭掉天花板开始的。长年累月被熏黑的天花板被揭掉后，露出了高高的斜屋顶。所谓的翻新，就是要揭掉天花板，砸掉内壁，先让建筑物现出原形。也就是说，建筑物要去掉曾经的妆容，素面朝天。这样一来，我们便可以轻松确定留下来的部分和应改造的部分。翻新时，最好不要把所有的东西都改掉。翻新的房子是在有效利用现有物品的基础上所创造的世界。在工地上，我就像与那个时代的某人进行交流一样，一边与旧房子对话，一边实施改造。

勉强开始

小时候，每年都会在家乡的小镇下几次馆子，每次下馆子我都高兴极了。因为是在乡下，所以西餐馆里的主菜无非是牛排之类，但我很喜欢专注地使用刀叉，那种一本正经的感觉实在是太棒了。

"偶尔也出去吃点好的吧"，面对这样的提议，无论是谁都会很开心吧。而且，如果自己所在的城镇确实有好吃的饭店、餐馆，那愉悦的心情一定更上一层楼。

在枥木县黑矶地区有一家名为"1988 CAFÉ SHOZO"的店。老板菊池省三是土生土长的当地人，据说他年轻的时候曾经骑摩托车环游日本。二十七岁的时候，决定结束自己的旅行生活回到家乡工作。但当他根据骑行的经历回想曾经去过的城市时，发觉自己的家乡对于旅行者来说实在缺乏吸引力，感到有点悲哀。因此，省三先生便暗自下定决心："一定要把家乡变成旅行者想来的地方！"

一开始，省三先生开了一家咖啡馆（如果我家旁边有一家像SHOZO一样的咖啡馆就好啦）。结果广受好评，来消费的不仅有当地居民，还渐渐吸引了许多远道而来的客人。后来，他根据客人们反馈，又开了古董店、杂货店和书店。而且，听说最近省三先生又开了音乐厅和美术馆! 我实在是太震惊了，省三先生仅凭一己之力重塑了一座小城。"确实有高人啊!"我内心深处佩服不已。

据说，只要附近有空出来的房子，省三先生就一定会先租下来，至于用来做什么，那是后话。店铺的装修也都是自己动手。总之权且租下房子。省三先生的做法跟我这次盘下"10 公分"有点相似。跟省三先生聊过后，我觉得肩上的负担顿时变轻了，"至于怎么使用以后再考虑"，这么想就可以了。

此后我又去了岐阜县的多治见，参观了安藤雅信先生经营的"Gallery [1] 百草"。

安藤先生本人是作家，又经营一家自己的画廊。和安藤一样经营着自己爱好的人，除了他之外，我只能想到金泽市的和美女士。我问了安藤先生一些关于经营的事情，他说："经营一家店真的很不容易，就像每天都开手工艺品展一样。"

原来如此，我听完他的话受到了一些打击。我想："想象一下每天都开手工艺品展的话，我一定没有时间进行自己的工作了。"安藤先生告诉我，自己坚持经营画廊已经十三年了，这份负担真

1　意为"画廊"。

的很沉重，沉重到已经没有时间顾及文学创作了。的确，就算在旁人看来，经营画廊也是份辛苦的工作。受到他的启发，我觉得需要想出一种适合自己的经营方式。

由于工作的关系，我遇见了形形色色的人，跟他们建立了深厚的友谊。因此，我觉得制作手工艺品的工作还是要放在首位。以后我希望可以一边工作一边开店，当然，现在说这些话或许为时尚早，我还没有考虑成熟，只是初步的想法罢了。

生活中的学校——Carco 20

省三先生曾经说过："让乡下的高中生最先接触到社会的地方是咖啡店和保龄球场。"对于高中生来说，小镇的店铺很重要。我从小生长在北陆地区的福井县，高中时经常去的咖啡店有福井大学对面的"Bee Hive"和位于唱片店地下的一家爵士风格的小店。那时，我总是一边跟朋友聊天，一边津津有味地观察周围人的衣着打扮，听他们对话中的只言片语。我喜欢观察进进出出的成年人，看他们的服装、表情、举止，无论什么都想学习吸收，而且我会看着这些成年人的样子来想象自己将来的生活状态。

我的大学是在京都读的。那时，经常去的咖啡店是东山蹴上地区的"Carco 20"。这家店门前的小道上总是放着两只铁制油罐，旁边很自然地停放着一辆样式漂亮的自行车。店的正面宽度大概有两间[1]半，整个店铺的右侧开了一个小小的门。打开这扇小门，便可以看到古旧的砖墙上贴着弗朗索瓦·特吕弗[2]的电影《四

---

1 间：日本旧时计量单位，1 间等于 1.818 米。
2 弗朗索瓦·特吕弗（Francois Truffaut，1932—1984）：法国著名电影导演，早年为《电影手册》影评人，电影代表作有《四百击》《祖与占》等。

百击》的海报（1960 年于日本公映，海报由野口久光绘制）。

在这家爵士风格的咖啡店里，人们可以充分享受自然光，可以边听音乐边愉快交谈。我很喜欢这种听爵士乐的方式。人们都会有习惯坐的位子，玄关附近正对着马路的位子就是我的固定座位。颜色泛黄剥落的墙面上挂着李禹焕[1]由点线构图的绘画作品和山本容子[2]的"邦德创可贴"蚀刻铜版画。在这里我与这两幅画初相识，当时是 20 世纪 70 年代初，两幅作品应该都才发表没多久。我在城镇日常生活中所邂逅的流行音乐与时下的绘画作品，都渗入我的身体成为我的一部分。我在这家店里学到很多知识，这些知识渗入我的眼睛、耳朵甚至内心。人们常说"精髓常存在于周边"，"Carco 20"里的确充满了生活的精髓。在之后长年累月的工作过程中，我明白了一个道理，技术与知识固然重要，但更重要的是不断去磨炼"品位与审美"。对那些正为大项目而殚精竭虑的人来说，"品位与审美"也许看起来无足轻重，但实际

---

1 李禹焕（Lee Ufan, 1936—）：韩国艺术家，是"物派"的重要成员。毕业于东京日本大学哲学系，曾任多摩美术大学教授，现为东京艺术大学客座教授。1997 年任法国巴黎国立高等美术学院客座教授。目前在日本、法国生活和工作。
2 山本容子（1952—）：日本著名铜版画家，作品多为插画及静物集。代表作品集有《我的时间之旅》等。

上，"做什么""如何去做"这些基本问题都离不开它。

"做什么"事关从无到有。而且，解决这个问题还需要有敏锐的"直觉"，能够体察到世间尚不存在的需求。这种直觉是无法从技术、知识的积累中得来的。

然而"Carco 20"这家店已经没有了。"10公分"前停放的自行车、玄关前正对着马路的宽阔地带，都是我对"Carco 20"的致敬。

在『10公分』可以做的事

10cm

关于 10 公分展

"10 公分"的处女秀应该怎样策划呢？首先映入我脑海的是"10 公分"这个店名。由于在我们的日常工作中，掌握尺寸很重要，所以首次展览会就以"10 公分"命名了。

盛面包的盘子直径是 19 厘米，盛糖果的盘子是 15 厘米，汤碗是 13 厘米。饭碗的话，就复杂了，饭碗底部的一圈尺寸较小，在碗身的不同位置直径各不相同，并且根据不同用途造型也千差万别。10 厘米是个比饭碗口径略小、比茶杯口径略大的尺寸。我十分期待，大家会根据这个尺寸创作出怎样的作品。

创作者基本是做自己想做的东西，但偶尔根据"命题"要求进行创作也是件很开心的事。为了紧扣命题，他们会着手做一些平时不曾进入自己视野的东西，因此命题也成了他们进行全新尝试的契机。

我原本就不是一个喜欢做好万全准备的人，虽说本次展览会也是有企划的，但实际上我只是跟平时经常碰面的创作者打了声招呼而已。当然他们都非常喜欢这类作品，所以都十分愉快地接受了我的邀约。创作者中来自金泽市的比较多，这是有原因的。

之前我在松本市举办"手工艺的五月"作品展时，连续两年都有来自金泽的创作者参展，而且我也参加了辻和美女士在金泽市举办的"生活工艺展"，当时认识了许多金泽市的手工匠人。即便如此，亲自拜访、当面拜托还是很重要的，除了金泽市，我也亲自去拜访了其他城市的手工匠人，跟他们当面商量参展的事（其中只有一人未能亲自拜访）。

辻女士拿来了曾经在"双人用品展"中展出过的直径为10厘米的带盖容器。这些容器由玻璃制成，可以用作放盐、蒜泥等调味品的小罐子。

冈田直人展出的是直径10厘米的筒形小花盆。

竹俣勇壹带来的主要是小型金属刀叉。

据说关昌生不爱出门，几乎没出过九州岛，之前我只在福冈和吉见过他。结果在"生活工艺展"期间，我竟然在一家饭馆遇到了他，真的有点不可思议。这次关先生拿来的展品个个都是杰作，有用久了的毛刷（刷毛部分刚好10厘米）、10厘米长的竹尺、10厘米长的粉笔等，每一个展品都体现了关先生独特的幽默感与品位。在参展人中有了关先生这样"有眼光"的创作者，整个展览变得有趣多了。

还拜托了内田钢一，他带来了有盖的耐热容器和一些球体。

木下宝带来的是玻璃器皿。此外还带了一些用红酒瓶重熔再制的绿色小水壶。这些水壶的容量只有 10 立方厘米，虽然有点偏离了 10 厘米的主题，不过出于好玩也把它们加了进来（展品的选择标准还是比较宽松的）。

村上跃的茶壶一直广受好评。我估计他做的茶壶主体部分应该是 10 厘米左右，于是便邀请他也来参展。结果村上先生为了这次展会特意做了一些从壶把儿到壶嘴宽 10 厘米的小壶，这个尺寸比较适合中式茶艺。

中村好文也很爽快地答应了我的邀约，他的参展作品是一个吊柜。这个吊柜的外缘是一个胡桃木的正方形木框，里面放了许多枫木的长方形小盒子，这些小盒子用来分隔空间，可以任意摆放，但无论你怎么摆，一定会有一个边长 10 厘米的正方形留白。这真是一个富有玄机的家具，很符合中村的设计风格。

作为一名手工匠人，我平时都是接受别人向自己提定制要求，很少有向别人提要求的机会。所以我还不习惯作为策划人向别人提出要求，但愿自己的要求没有太失礼吧。

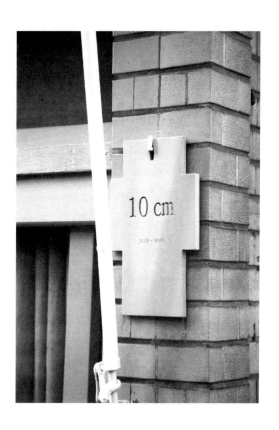

中：村上跃
下：木下宝

中村好文　吊柜

冈田直人

上：辻和美

下（靠墙）：内田钢一

竹筷勇壹

关昌生

开业前夕

开业派对是在前天（3 月 10 日）举行的。

由于"10 公分"的空间实在太小，为了保证前来参加派对的人能够很好地观赏展品，必须另找地方举行。但"10 公分"又位于旧商店街的边上，原本也没有什么好地方可找。我在附近仔仔细细地找了一遭，最后找到了这里——跟"10 公分"相隔一栋房子，一个有顶棚的停车场。不但离"10 公分"很近，大小也正合适。谁看到这个地方都会惊呼"简直就是个 SOHO 嘛"。因为这个停车场是旧建筑，的确给人一种类似 SOHO 的气氛。我觉得这个地方一定能派上用场。原本"10 公分"就是一个古旧的小门店，恐怕没有人会期待本次开业派对在大酒店的红地毯上举行吧。而且或许来宾们会觉得"这样也不错啊"，他们可以在这里充分享受一下 SOHO 的氛围。

开业当天，我们请来了日本料理店"温石"的大厨须藤刚前来掌勺。我想用松本当地的食材、当地的料理，招待远道而来的客人们。不过，须藤先生的店很考究，平时最多一次性招待六名客人，这次要他做八十人份的料理，我很担心他会不会接受邀请。

结果没想到须藤先生二话不说就答应了，这样一来终于搞定了派对的主心骨。

于是，终于到了开业派对当天。

大家在"10公分"看完展览后陆续来到了派对现场。首先是我跟到场的来宾打招呼，然后由古董收藏家坂田和实致辞。他说："现在大家所看到的这些生活工艺品，或许一百年后就会摆在古董店里。因此，各位匠人互相之间都是竞争对手，我本人也不能放松，还需继续努力。"（一百年后是否真的有作品流传下来？不能放松的恐怕还是各位匠人。）坂田先生的发言，给我们这些从事创作的匠人很大的启发。我们不能只着眼于时兴的东西，还要多多关注一些旧物。而如何看待旧物，也不仅限于鉴赏古董，坂田先生的发言还教会了我们要以自己的观点看待事物，以及用自己的标准来欣赏事物。

一同干杯后，大家开始进入自由交流环节。前来参观的客人与匠人们见面的机会本身就比较多，所以聊天气氛十分愉快。关于生活工艺这类工作，并没有一个明确的中心思想要传达给人们，而是需要用具体的有形物品去阐述如何使人们更加身心愉悦地过好日常生活。关于这一点，每个匠人都从自己的立场出发，努力前行。我想正因如此，匠人们才能齐心协力地办好所谓的 artist initiative（由艺术家主导的）"生活工艺展"吧。这项工作不仅需要自我表现力，还需要自我克制地客观看待事物的能力。

即便已经到了三月，松本的夜晚还是寒意十足。虽然我提前准备了大型的电暖气，还是难抵严寒，最后在"10公分"的地板上铺设了席位，将派对转移到了室内。在酒和柴炉的作用下，人们的交谈也变得热烈起来。我本来以为这个地方实在是太小了，没想到地上竟坐得下五六十人。当晚，大家都很开心，欢乐的交谈一直持续到深夜。

温石　大份料理菜单

炖牛腩
白大酱拌洋葱丝
芝麻酱拌醋牛蒡
香菇土豆饼
温泉蛋浇扇贝
鱿鱼
白萝卜炒饭

2011 年 3 月 11 日——开业当天

谁都没想到开业派对的第二天就撞上了那场"著名"的地震。

"10 公分"开业的日子是 3 月 11 日,正好是东日本大地震那天。松本市也有震感,但没有那么强烈,也没有造成太大损失。来参加开业派对的来宾在回去的路上遭遇了地震,有的一直被困在电车上,直到晚上才到了途中的一个车站,转乘汽车或者出租车回家。有的在高速公路上一直被困到第二天早上,总之,让大家在路上都受了苦。

之后,我从新闻上逐渐了解到地震引起的海啸,以及核电站的泄漏事故。这次地震造成了十分严重的后果。

自然灾害总是用压倒性的力量重创人们的生活,给人们留下深深的伤痕。即便我们哭喊着"为什么",大自然也不会回应,灾害总是说来就来,令人猝不及防。

东日本大地震不仅毁坏了住房和农田,还在更深的层次上摧毁着人们的生活,它给人们的精神世界带来了严重的创伤。但是,日本人面对突如其来的灾害有着强大的抵抗力,就像杂草一样,哪怕被踩踏千百遍也依然会骄傲地抬起头。大和民族就是这样一个内心强大、意志坚定的民族。我们在与大自然相处的过程中，学会了接受灾害，默默做好善后工作。当然这项工作也需要人们咬紧牙关，默默坚持。

对于匠人们来说，注重设计的耐用性是一项义务。我们需要考虑到材料的选择、细部的处理、安全性能的保障等方方面面。这些注意事项小到制作一只碗，大到设计核电站，都是共通的。匠人当然也要与社会打交道，因此注重设计的安全、实用是我们的责任。不光是匠人与设计师，甚至我们每个人都应该注意物品的安全与实用。核电站的泄漏事件，也许是由于组织管理不力，也许是其他原因，总之令人遗憾的是安全防范工作的确不到位。我觉得这次事故实在令人悔恨。必须承认，在核电站聚集的是一群高智商的精英，然而他们没有通过身体去感受危险的能力，没有用手去实际接触物品进而思考的能力。

我听一个餐具店的老板说，大地震刚发生后，客人非常稀少。然而过了三个月后，情况突然发生了变化，来买新餐具的客人突然增多了。来店的客人说："自己喜欢的餐具被打坏后感觉天天得过且过，什么也不想做。不过，过段时间后便觉得还是应该认真对待每一天的生活，于是就来买新餐具了。"据说，持有这种观点的顾客不在少数。对于我们做餐具的匠人来说，听到这番话后感到特别开心，没想到餐具在日常生活中如此重要。从整个社会的受灾程度上来说，区区几个餐具实在是不足挂齿。然而从具体受损情况上来说，就大不相同了，即便不是毁灭性的大地震，也会或多或少对生活造成一定影响。对于我们制作餐具的匠人来说，从事的工作是与日常生活息息相关的，我们在工作的同时也在帮助受灾的人们恢复原本的生活。因此我认为，坚守自己的工作就是对赈灾最大的支持。

我曾听说过战争时期的一些事情。据说，即便是在空袭的间歇，生活还是跟平常一样，没有太大的变化，人们照常吃饭、睡觉，完全没有出现停顿。如果我回到了那个年代，是否还能平静地生产创作？这种平静源于"生活者"内心的强大力量。

但实际上，我的面前有一条鸿沟，还有一个无法跨越鸿沟的自己。鸿沟的宽度并非不能跨越，可我却无法跨越。我依然和从前一样只是盯着自己的脚尖。

＋

ピクニック展

2011年5月
20日㊎　21日㊏　22日㊐
27日㊎　28日㊏　29日㊐
11:00〜18:00

山々が新緑に覆われ、その間に山桜が薄
いピンクの花を咲かせる、山国にもよう
やく外に出るのが気持ちのいい季節がや
ってきました。そこで楽しいことの好き
な四人の方々に、それぞれのピクニック
支度をご用意いただきました。建築家の
中村好文さん、CINQの保里享子さん、
かえる食堂の松本朱希子さん、スタイリ
ストの伊藤まさこさんです。そのほかに
真木テキスタイルスタジオ（ウール）やクロ
マニヨン（綿）が考えたピクニックシート。
三谷龍二もお弁当箱などで参加します。
ピクニック用品の自由な組み合わせを愉
しんでいただけたらと思っています。

松本駅より徒歩5分
10センチの前は一方通行です。

10cm

〒390-0874　松本市大手2-4-37
☎ 0263-88-6210　　http:10cm.biz

10 cm

关于野餐用品展

　　乘飞机经过松本市上空时，可以看见在层层山峦中地势略微开阔的地带，紧密地排列着许多房子。人类要靠自然生活，然而在这里我们完全看不到人类对大自然的征服，相反，这些建筑看起来十分顺应自然，仿佛在跟大自然商量："不好意思，请让我们住在河畔地带吧。"

　　在此生活，总能自然地感受到这种人与自然的和谐。由于这里四面环山，无论去到哪里都能感受到自然的气息。而且，有时我们突然兴起想到山里去，便可以开着车离开城区，一路驶向山麓地带。"去野餐吧！"住在山区的好处就是当你有了这个想法后就可以马上做好便当，然后不到一个小时就到达目的地了，完全不需要提前做好计划。不管是在初春时节，想要欣赏漫山遍野的嫩绿，还是在炎炎夏日，想要去高山地区感受丝丝清凉，你都可以随性地说一句"去野餐吧"。

　　本次展览的主题是在野餐时想要使用的东西，即"自己想要的东西"。我在这次策划中把个人喜好与展览主题紧密结合起来。虽然很抱歉这次展出的作品都是从个人喜好的角度出发，但我认为自己喜欢的东西或许别人也喜欢，人与人之间一定存在同感与共鸣。我想，如果人们可以在共鸣的圈子中充分享受这次在"10公分"的展就太好了。

在这次展会中，我也想尽量制作一些展品来参与。如果是我的话，会想带什么东西去野餐？什么是必需品？最后我决定制作一些野餐篮子和单层的便当盒。我平时的工作不需要按时上下班，因此也没有带便当上班的机会。所以我觉得野餐的时候最想带的就是便当盒了。展会成为了一个好契机，我开始制作许多从未尝试过的东西。

这次展会我还邀请了"CINQ"[1]的保里享子。我想尝试从"杂货"这一稍微偏离主题的视点出发，与设计日常用品的设计师一起去进行本次展品的创作。我以前见到保里女士的时候，她问过我一个问题："为什么搞创作的人不喜欢做普通的东西呢？"这句话一直在我脑海中盘旋不去，使我认识到这个问题对于创作人来说十分重要。

对于这个问题，我很难给出一个满意的回答。也许这是创作人的"欲望"使然。不管是在单纯的加工和设计上不追求与众不

1　CINQ：日本著名的杂货品牌。

同，还是做的设计不要带有个人的痕迹，这些都可以归到保里女士所说的"普通"中去。换言之，普通就是抑制住想要炫技的欲望，抑制住"个性"和"自我"。不仅对于我个人，甚至对于整个手工艺界来说都必须时常考虑这个问题。

我拜托"真木纺织品工作室"和"克罗马农工作室"的同好们制作了野餐用的铺布。野餐的时候，如果有一块赏心悦目的铺布，人的心情也会变得明朗起来。由于他们都是我的老友，所以在纺织之前得以好好商量铺布的大小与质感。

上：克罗马农工作室

右下：中村好文

牛伏川野餐

为了这次展览，参展的各位都特意制作了野餐用品，因此我们打算带着这些物品组织一次真正的野餐。

现在是五月，一片新绿。"10公分"周边有许多适合野餐的地方。众人先在"10公分"门口集合，然后找一个不太远的地方，以半个小时的车程为宜，最后选择了牛伏川附近一处小小的露营地。

过去牛伏川经常泛滥，频繁的水灾所造成的水土流失甚至影响到千里之外的新潟县。明治时期，为了防止洪涝灾害，政府组织学习了法国的土木技术，修建了防砂坝。这里的水坝与众不同，它并不是筑起高墙把河流拦腰截断，而是用天然的石块将河床加固。从明治十八年开始施工，大约历时三十年，终于完成了河床与河道两岸三面铺石的工程，建成了日本最美的防砂坝。河道中则采用了法式阶梯状水路，修建了十九层级差，河水流下来形成十九道瀑布，非常优美。

提起野餐，我首先想到的是便当。做便当的任务就交给了"Kaeru食堂"的松本朱希子。松本女士是个美食家，她的料理充满感情，受到人们的好评。她还擅长手工刺绣，作品一针一线都十分精细。我读过她出版的便当书籍,当时看到书中的图片就觉得"一定得尝尝看"。

以前我在京都的"Mone工房"开设制作木勺的体验课程时,曾经邀请过松本女士帮忙。即便是一把木勺子,也要花四个小时才能完工,大家都说"好久没有像这样集中注意力了"。这个过程的确很累人,于是我打算设置一个甜点时间。也就是用自己制作的木勺去吃甜点。当时,松本女士做了小豆汤。大家在外面劳作的四个小时里,松本女士也一直在里面的厨房忙碌着。而且,还有一件令我感动的事。本次体验课程分为两场,原本可以一次性做好供两次使用的小豆汤,但松本女士没有这么做。到了第二场,她果然又重新做了一遍。也许,对于松本女士来说,所谓的料理就该如此吧。

报名参加野餐的有十人,再加上中村好文、克罗马农工作室的成员和松本女士,大家一起乘坐了小型巴士。在照片中大家可以看到,当天的天气特别好,非常适合野餐。地面上的小草还很柔软,群山还裹着一层新绿。

我们到达目的地后,先展开铺布,又做了一下简单的自我介绍。有很多人来自较远的地方,比如爱知县、岐阜县、富山县、东京都,等等。其中还有一对夫妇,妻子怀孕了,肚子已经很大,本来打算回广岛的老家生孩子，正好顺道来参加这次野餐。当我听完他们的话，顿时觉得这次的活动策划得实在太妙了，仿佛所有人都在期待着这一天。"还有几天就到野餐了"，这种期待在一天天地膨胀，本身就是愉快的事。

大家自我介绍过后，立马就开始享受松本女士做的便当。当时的场所、季节、天气、都像是专门为野餐安排好的，每个人都那么愉悦。

在这里，大家可以随性地到河里玩耍，可以跟匠人们聊创作，还可以悠闲地躺在铺布上发呆，充分享受自由的时光。之后为了去看前文提到的阶梯状水流，还一起沿着木栈道散了会儿步。

回到原处时，来接我们的汽车刚好也到了。

我们在花香四溢的五月进行野餐,选一处林荫,铺上铺布,一边品尝"Kaeru 食堂"的便当一边享受幸福时光。

我的野餐风格

在距离松本市大约一小时车程的乘鞍高原地区,有一个叫"一之濑园地"的地方。与这次野餐去的牛伏川防砂坝相邻。我非常喜欢一之濑园地,作为野餐场地有很多亮点。有草地、小山,河流也浅浅的,挽起裤腿就可以下到河里。我们在小河边选好了地方,然后铺开铺布,一边听着潺潺的水声一边享用午餐。阳光照射在水面上波光粼粼,吃完饭后还可以在河边戏水、散步,或者无所事事地放空自己。以至于现在的我觉得,如果去野餐的话,草地和小河完全是不可或缺的条件。

我是在辻先生的书上得知一之濑园地的。辻先生十分热爱山里的生活,他在书中称一之濑园地是"谁都不想告诉的秘密花园"。当我得知这么棒的地方就在我家附近时,立马开车赶了过去。

下车的一瞬间,眼前的景象使我震惊。那实在不像自然形成的,而是仿佛在你的面前铺开了梦中的景象。这里有连绵不绝的牧草地,其间流淌着几条清澈的小溪,白桦树像是人为安排的一样在恰当的位置挺立着。远处的乘鞍岳海拔很高,即便在夏天,山顶上也有积雪。一之濑园地就在此山的山腹中,海拔大概有

1500 米。我想这里是千百年前火山爆发形成的吧，因为草地上零星地露出一些黑色的火山岩。在松本，盛夏时节总是酷热难耐，这里是避暑纳凉的好去处。

如果说我有野餐风格的话，就是要带着可折叠的桌椅去野餐。鲁滨孙·克鲁索漂流到无人岛后最初制作的东西就是桌椅。这是因为桌椅是文明人的生活方式中最基本的工具。参加过汽车露营的人应该都知道，比起直接坐在地面上，坐在椅子上的感觉要舒服得多。而且，有了桌子的话，可以把碗盘干净整齐地摆在上面，也不用担心装满饮料的杯子由于地面不平被碰翻。我觉得单纯把桌椅搬到树荫下，坐在那里悠闲地看着风景，就可以舒服地度过一天。

此外还有一点，就是我会带着各种大小的木制餐具去野餐（好像有自吹自擂之嫌）。因为是在野外用餐，所以一般人都会准备纸杯、纸盘等，但这些简易的餐具多少会有点影响心情。在这方面，木制餐具的优势十分明显，既轻便又不易碎，可以直接放在篮子里带着，而且使用时的感觉实在好极了，整个用餐的气氛都变得不一样了。

选好野餐的场地后，我都会去河边用石头在浅滩处垒一小圈，用来拦截河水。高山冰雪融水很清凉，我喜欢把带来的啤酒和西瓜放进垒好的"天然冰箱"中冰镇起来。

通常我带的食物也不需要花大量的时间去准备。有时我会在家做好咖喱放在篮子里带着，然后在山里煮白米饭；有时只是大家各带一些菜品一起吃。临时起意想去野餐的时候，会直接去店里买点三明治，自己只准备点喝的东西就直接出发。

在桌子旁边，我通常还会铺一张防潮垫，可以在上面随意躺着。在草地上悠闲地度过一天之后的返程途中，还会顺便去泡泡温泉再回家。说到底，我的野餐风格就是悠闲、随意。

从手工艺品展到"手工艺的五月"

如果说我在正式开设"10公分"之前有过准备阶段的话，那手工艺品展和"手工艺的五月"作品展应该算是。地域与手工艺、小镇与我的生活，"10公分"就在这洪流里诞生了。

松本手工艺品展始于1985年，开办的原委我已经写在其他书中，在此不再赘述。手工艺品展作为作品面市与销售的场所，以及连接作者与商店的场所，受到了多方支持。此后，其他地方的手工艺品展也开始增多起来，而且据说有许多匠人会同时参加多个作品展。我也希望各地能够多增加一些作者与使用者见面的机会。

不过，看过各地的手工艺品展（我也只了解其中一部分）后，我觉得主办方的意志对展会的内容与氛围有很大的影响。我认为，主办者如何用客观的视角来看待这次活动，如何自我诊断是很重要的。

此外，如果这类活动不考虑培养新人、更新换代，举办方总是同一批人，整个展览就会变得毫无生气。这样是无法长远发展的。松本手工艺展也是一样，自第21届开始，主办方成员全部换成了新人。因此，对于老成员们来说，第20届就成为了分水岭。

新老交替后的几年来，我管自己叫"休假匠人"，不再提供参展作品，而是进入了专心当观众的阶段。在此期间，展会的规模变得越来越大，参展人数不断上升，当然观众也越来越多，展会当天整个城市都会发生严重的交通堵塞。这时我们意识到，最严峻的问题就是停车场不足。

正巧这时发生了一件事，长期以来深受人们欢迎的烟花大会被周围的居民叫停了，原因是烟花大会造成交通堵塞。我想如果展会继续发展下去，大概也会以同样的理由被叫停。展会的规模已经变得太大，但对于交通问题我们却束手无策，最后竟发展到必须借助行政手段去解决的地步。于是，"手工艺的五月"应运而生。"手工艺的五月"走出了县之森公园，与当地政府一起共同建设"手工艺之城"。不只是在有活动的日子里才叫"手工艺之城"，我们所致力建造的是一个随时到访随时都可以感受到手工艺乐趣的城镇。其他县[1]的人们都觉得松本是一个手工艺发达的城市，然而当地的群众却还没有这样的自觉。我觉得我们应该守护好这份难得的财产。之后，政府方面终于表达了理解与支持，把五月定

1　日本的县相当于中国省一级行政区划。

为"手工艺品月",松本市的公立美术馆和博物馆也参与进来,全民共同打造手工艺之城。

"手工艺的五月"从最初的命名到整体规划,从会徽的设计到印发宣传单,以及会后策划,都由我来完成,我成了本活动的总指挥。不过,我一开始就打算先做五年的总指挥把路子都铺好,然后把大权移交给新人们。虽然五年时间的确有点短,但我觉得这样能够留给新人们较多的发挥空间,有利于他们实施新的思路。

我在这个小城学到了很多东西。我很喜欢这里,所以在这里开设了"10公分",我也在思考今后"10公分"应该以怎样的方式与手工艺品展及"手工艺的五月"联系在一起。

中间右侧：大谷哲也　正中：木下宝

左下：青土的展台里摆放着各色丝线，我每年都来此挑选包装用的绳子。

三谷 Bar

　　展会期间，全国各地的人来到了松本。当第一天的展览结束后，参展的匠人们、朋友们都各自组成小组，去市里的酒馆、饭店聚会。在这里，我为了款待远道而来的朋友们，想做些力所能及的事情，于是"三谷 Bar"就开张了。当然"三谷 Bar"不是对外公开经营的，只能算是内部人员的聚会场所。

　　说起酒吧，有些人单是听到这个字眼就会欢欣雀跃，但还有一部分人则毫无反应。当然，我属于前者，单是为了迎接各位同行这一个理由，就足以令我决定开个"三谷 Bar"了。不过，虽说是个酒吧，这里的酒却只有红酒和啤酒。这里的老板完全不会调鸡尾酒，还真是伤脑筋。感觉我的"三谷 Bar"或许更接近英格兰、苏格兰的"Pub"，但是在日本，所谓的"Pub"都是带有色情表演的场所，给人的印象不太好，所以最后还是叫作"Bar"了。

　　酒吧诞生于美国的西部大开发时代。关于酒吧的演变诸说纷纭，其中最有说服力的是为了防止人们喝醉后随便去酒桶中取酒喝，于是在店主和客人之间放了一根圆木，之后这根圆木逐渐演化成现在的吧台。

以前鹿儿岛的一家画廊里也搞过一个开酒吧的游戏。因为那年是 1999 年，所以酒吧就起名为"Bar 1999"，并且还印在门口的木头招牌上。这家酒吧的气氛比较成人化，他们还请到了当地的爵士乐主唱和键盘手，弄得有模有样。正对着庭院的墙上放映着黑白影像，内容包括"制作陶器的伊朗匠人""制作椅子的非洲匠人""可容纳十四名家庭成员的瑞士餐桌"等，是介绍工匠发展历程、用于民俗学研究的无声影片。

"三谷 Bar"由我的朋友美食家渡边有子女士和造型设计师伊藤雅子女士担任大厨。我原本觉得随便做做就好了，结果她们从几天前就开始准备菜品，有猪肉酱、春卷、鸡杂肉冻等，菜单非常丰富。

"10 公分"空间狭小无法容纳太多人，这是我觉得最遗憾的地方。然而即便如此，里面热闹的气氛也一直持续到深夜，客人络绎不绝。喜欢手工艺的人们和创作者们在这里谈笑风生、觥筹交错，大家满面春风、侃侃而谈……

な べ 展

2011年10月　21日 (金)　22日 (土)　23日 (日)
　　　　　　28日 (金)　29日 (土)　30日 (日)
　　　　　　11:00〜18:00

北欧にはきれいで使い勝手のいい鍋が多いですが、冬が長く、
共働きも多いので、手間をかけずに作れる鍋料理が発達した
からだと言われます。そんな北欧のアンティーク鋳物鍋を中
心に、土鍋、取り皿など、鍋周りのものを集めました。

出品者
須長 壇 (natur)　岡田直人 (陶磁)　岡澤悦子 (陶)
宮崎桃子 (フェルト)　三谷龍二 (木)

お食事会

吉田裕子 (吉田屋料理店) さんの鍋料理
＋オオヤミノル (オオヤコーヒ)

10月24日 (月)　12:00〜13:30 ／ 17:30〜19:00
(各回10名　要予約　詳しくはホームページをご覧ください)

10cm

〒390-0874
松本市大手2・4・37
☎0263-88-6210
http://10cm.biz

当日菜单

胡萝卜沙拉　　红色泡菜
白色泡菜　　　猪肉酱
烤蘑菇片（做成比较爽口的沙拉）
煮鸡蛋（浇有树芽和凤尾鱼的调味酱汁）
春卷　　　　烤猪排和烤茄子
炸土豆饼　　水芹与鸡杂肉冻
什锦饭团

10 cm

锅的魅力

我从一年前就开始准备"锅具展"了。北欧的铸造类锅具既美观又实用。我对很熟悉北欧文化的须长坛说:"我能拜托您帮忙收集各种类型的锅吗?"收集到的锅具以20世纪60年代丹麦产的为主,据说寻找的过程很不容易,都是花了一番工夫才找到的。寒冷的地区需要吃点热的东西暖暖身子,所以少不了炖菜料理。而且炖菜料理非常省事,把菜和肉放进锅里,然后把锅放在炉子上煮就可以了。

结果如我所料,收集来的锅都非常漂亮,有黑色的铸铁锅,也有蓝色、绿色、灰色的搪瓷锅。

在日本,大家一起围着桌子吃炖菜也是冬天必不可少的项目。炖菜的制作过程的确毫不费事,只需要把菜切一切,然后坐在桌边,跟大家聊着天就做好了。因此,我觉得炖菜很适合客人较多的时候准备。在这次的锅具展上,我跟陶艺家们聊了有关"10公分"的创作理念之后,他们各自都做了一些吃炖菜时比较用得着的小器物。

砂锅

砂锅的把手通常被设计成牛角面包那样，带有螺纹，我几乎没有遇到过很喜欢的款式。如果可以设计得更简单一些就好了，最好是造型朴素，可以当成汤碗、盘子用。而且这种砂锅用久了之后就会觉得顺手，因此变得越发好用。

汤盆

汤盆的造型基本上差不多，不过大小和细节还是需要深入考虑。我觉得冈田直人做的骨质白瓷汤盆很适合盛放精致的料理。

汤杯

在家吃饭，尤其是汤里放了很多菜的时候，汤杯就派上用场了。我觉得兑咖啡时用的盛牛奶的汤杯大小就刚好。

小碟

吃卤物或者炖菜时用来取菜的碟子一定要有些深度才可以盛汤汁。冈泽悦子做的小碟既适合吃日料又适合吃西餐，我非常喜欢这一点。

小汤碗

吃火锅的时候还是最爱用小汤碗了，它的大小、形状都十分适当。我们可以把生鸡蛋打到小汤碗里，然后蘸肉或魔芋丝吃。

毛毡制防烫手套

宫崎桃子的代表作品是胡桃形的防烫手套。造型非常可爱，放在厨房里赏心悦目，而且非常好戴，手一下子就能伸进去，用起来很方便。我亲自试戴了一下，选了一个适合自己的。

在这些为了展览制作的生活用品中，我打算选出一部分作为"10公分"的长期展品。计划将碗盘等餐具也长期展出，虽然在举行展览时很难一下凑齐所有餐具，但还可以后期再慢慢添置。

餐会、吉田屋料理店的炖菜

　　这是我第一次在"10公分"策划举行餐会。为了充分享受用喜爱的餐具装满幸福料理的时刻，我决定举办一次以炖菜、火锅料理为主的餐会。我拜托位于京都，专攻无国界家庭料理的"吉田屋"老板吉田裕子来当大厨。吉田屋料理店在京都"isis"画廊旁边，因为我经常去这家画廊，所以顺便去了这家店，这便是我与吉田屋料理店最初的相识。我觉得这家店给人感觉很舒服，不管是店内的布置还是菜单的设计，都飘散着一种令人放松的气氛。这种气氛的源头还是吉田女士本人。虽然她在吧台的对面忙碌着，但不可思议的是，这种忙碌并不会影响店内轻松愉快的氛围。

　　吉田女士经常来松本玩。实际上她丈夫的妹妹就住在松本，而且离"10公分"很近，步行大概也就三分钟。因此我们见面的机会挺多，每次我去京都或是她来松本，都会见上一面。

　　大家实先生是我在参加京都某家书店的策划案时结识的。当时我出差去京都，想要找个地方喝杯咖啡，结果在他经营的咖啡馆里认识了他。初次见面的时候我觉得他搭讪的方式挺有趣，于是也拼命配合他的话题。后来我们又见了几次，每次都能聊上一会儿，渐渐地我发现他看问题的视角很独特，是个有意思的人。我在这家老板很个性的咖啡馆里感觉很开心，我们总有说不完的话。吉田女士和大家先生好像从十几岁就认识了，这次也算机缘巧合，他们都来我这儿了。兜兜转转，命运的车轮把大家联系在了一起。如今也是一样，京都有许多有趣的创作者。我很感慨，也许是因为我曾经在京都待过的关系吧，我和那里的同仁联系得越发紧密了。

因为这次展览的主题是锅具，所以两位大厨做的料理都充分发挥了锅的作用。吉田女士用一口大锅炖了鸡汤，然后又在一个搪瓷锅中用一部分鸡汤煮了米饭。她把剩下的鸡汤加以调味放进另一口生铁锅中。吉田女士在客人们的注视下将这两口锅里的料理盛进每一个碗中，简直像是一场表演。大家实先生把可可果肉（我们常见的咖啡豆是可可的种子）放进锅中煎出汁来，用可可果汁代替了餐前酒。可可果汁的味道并不像咖啡，更像是某种中药，我觉得它应该是一种有益健康的饮料。

这次的餐会限定十人参加，因为"10 公分"比较狭小，最多只能同时招待十位客人。虽然我很希望能够有更多人来参加，但考虑到客人们来了之后能不能感到舒服、愉快，最后还是充分限制了餐会的规模。

比起大饭店，我更喜欢坐只能容纳十名客人的小馆子。在大饭店里有时能感觉到座位之间有风呼呼吹过，而小馆子里就不会有这种情况。小餐馆就像一只乘坐十人的小船，如果船翻了，那么大家一起翻，整个餐馆就是一个整体。"10 公分"空间狭小，仅够十位客人比肩而坐。这样一来，人们即便不认识两侧的客人，也可以在很短的时间里自然地开始互相攀谈。在一旁来看，就像一个大家族的家庭聚餐一样。

菜单

霉奶酪沙拉
海南鸡饭
（鸡肉＋鸡汤＋米饭）
烤苹果焦糖奶油沙司咖啡

餐会、制作餐具，以及每天的日常生活

松本有个叫作"松本大道曲艺演出"的活动，会在市内表演世界各地的马戏、曲艺等节目。串田和美也参加这个演出，她的节目叫《空中酒馆》（串田是此活动的策划者之一）。

远处传来音乐的响声，这时舞台上的人们像是也和着调子开始演奏起来。大家都见过同时抛三四个球的表演，此时登台表演的艺人把球换成了几个用塑料制成的中间较细、两头较大的东西，形状有点像线轴，被艺人用线控制着[1]。然而在这位艺人表演之前，串田向后台回了一下头，示意把音乐暂停一下，然后对大家说："各位，这是今天的第一个表演，请大家给点鼓励的掌声好吗？"于是台下响起了雷鸣般的掌声，观众们的情绪开始高涨。我觉得值得讨论的是，串田只是稍微讲了几句话就让曲艺表演变得更加有趣了，他的几句话就像魔法一样，令大家更加觉得表演者技艺高超。所谓快乐，就是人们生龙活虎、心花怒放的瞬间。表演者可以为观众带来这样的瞬间，真的很了不起。

1　此处其实为抖空竹。

看完表演回去的路上，我一直在考虑"使人开心"这个命题。我想，从某种意义上讲，我的工作在让人们愉快用餐这一点上或许也发挥了些作用。虽然我不能像艺人们那样使人们变得欢欣雀跃、热血沸腾，但至少可以为人们在家中与家人、朋友愉快用餐的过程尽些绵薄之力。想到这里，我有点开心了。

说回"10公分"的餐会。从另一个角度看，来参加餐会的人都很愉快，于是我觉得可以把"10公分"顺势变成一个小餐馆。店铺前部卖东西，后部则打造成能够吃饭、喝酒的地方。这么想着，我仿佛觉得这家餐馆已经开起来了（虽然我并不会去开餐馆）。

此外，我又重新考虑了一下餐具是用来吃饭的这一问题。对于制作餐具的人们来说，最重要的就是在工作室里闷头生产。不过，当他们看到自己做的餐具被人们使用时，会有一种这些餐具终于适得其所的感觉。能不能看见餐具在餐桌上被使用的场景，对制作者的心态多少是有点影响的。

锅具展结束后，我的工作室再度恢复了沉寂，让我顿时感慨冬日将至。屋子里变得有点冷了，我把许久没用的柴炉生上火。柴炉渐渐变暖后，在上面放上之前锅具展得来的搪瓷锅，把鲜奶面包放进锅里，然后给自己倒上一杯红酒。

每次举行某个主题的展览活动，我的脑海中都会闪现出一些从未做过的餐具，这给我的日常生活增添了不少乐趣。虽然我总觉得展览会未必会办得很好，但只要能在"10 公分"、工作室和我的生活之间保持一种良性的循环就够了。

「10公分」的开张之路

7月1日

旧烟铺

松本的"六九商店街"曾经很繁华。

商店街的最外侧有一家废弃的旧烟铺，烟铺上方的墙上用彩色马赛克拼出"山屋 YAMAYA"的字样。在墙壁的最顶端有一个正圆形的白色灯泡，每次我途经这里都会怀着喜爱的心情看看这家店，心里感叹："真好啊。"

由于战争没有波及松本，所以这里的古建筑保留得比较好。商店街一带又属于古建筑特别多的地方，比起被再开发的街道，以及改造成工业风的店铺，这里显得很普通，又令人怀念。我非常喜欢这里。

虽然这条街上的店铺大都关门闭户，整条街给人的感觉很冷清，但从前年开始，一些年轻人将旧建筑改造后让其重新开张，这里变得有了一点生机。

我觉得如果旧烟铺被谁租去开个什么店的话一定非常好，我总是希望有人也这么认为，于是多次跟想要改造旧店铺的年轻人建议：
"那边的旧烟铺非常好啊。"

关于这家旧烟铺，其实可以联系到烟铺主人的人有很多。

大家都知道，每年的五月松本都会举行手工艺品展。作为展览会的相关活动，市里会以"手工艺的五月"这种主题形式来举办各种展览。在此期间，人们可以询问如何租到那些老房子。

我第一次询问烟铺的主人时，铺子里堆满了杂物，房东以"整理起来太麻烦了"为由拒绝了我的请求。但是我还不想放弃，于是第二年又去问，果然还是被拒绝了。

结果突然有一天（前后大概相隔五年），房东突然开心地对我说："房子可以租给你。"他说："以前把这个房子就这么一直放着，我们也没觉得它有什么特别的，不过经你这么一说，意识到现在这种房子确实很少见了。如果你想租来用的话，就租给你吧。"房东终于重新认识到了这座房子的好。

我也不假思索地回答："我还是想租啊。"

7月2日
店铺

总之，我得到了一个新天地。

不过至于把房子租下了后怎么弄，我完全没有一个明确的计划，这是我第一次独自处理一整栋房子，必须好好考虑一下用途。

我首先想到的是把它开成一家店。

实际上，每年夏天我的工作室都会接到游客打来的电话。

"我现在到松本了，请问可以去参观一下您的工作室吗？"

虽然我觉得他们远道而来很不容易，但我的工作室里没有设置展卖的空间，所以的确没法对外展示。

于是只能拒绝他们的要求，介绍一些离他们住处比较近的商店，或是告诉他们近期即将举行的展览。

如果我有一家店的话，这个问题就解决了。

当然，我的工作还是以生产制作为主，我无法像专职店员一样天天在店里待着。但即便如此，我还是可以跟想看餐具的游客约好时间到店里去，或是每周日开业。虽然我能去店里的时间很少，但也能稍微满足一下游客的要求。

因此，我决定把墙上写着大大"山屋"字样的旧烟铺变成卖木制餐具的小店。

7月4日
灯罩

上次去金泽的时候顺便去了一家叫"phono"的北欧家具店。

因为我认识店主尾崎谦次，所以去金泽的时候常去这家店。

我在店里发现了 Louis Poulsen 的白色灯罩。

这家企业至今仍然生产灯罩，但这个款式已经停产了。

吊灯的灯罩很少有好看的，这次终于遇到了一个喜欢的，所以决定把它买下。我租好房子后的第一步，就是添置了一个灯罩。

估计没有哪个专业的建筑设计师会跟我的开始方式一样。

7月10日

小院子

我找住在八岳山下的园林设计师中谷耿一郎来看了看"10公分"。

"10公分"这栋房子和旁边的房子之间有一段狭窄的过道,我特别想在这个狭窄的区域栽种一些绿植,所以找来了中谷先生。

"在这个狭窄的空间能做出一个小院子吗?"

中谷先生看了一下这个地方,又拿出尺子量了量,静静地说了一句:"没问题。"

我放心了。

本来我以为这个地方比较狭小,只能种低矮的植物,没想到中谷先生说也可以种点高大的乔木。

中谷先生设计的庭院非常柔和,没有太多的人工雕琢,较好地保持了自然的状态。

能在这个阳光都无法直射的狭窄地带做出庭院的,也就只有中谷先生了。

虽然空间不大，但我一定要在有限的空间里栽种些绿植。

院子建成后，里面的房间就有了可以放松消遣的地方。

我想在正对院子的地方开个大的落地窗，这样就可以好好享受院子里的绿色，于是不停地修改设计图纸。

7月13日

寻找适合做地板的木材

六月末我去了一趟叶山。

当时顺便去了一趟叶山的二手建材店"樱花园"，为的是找一些旧地板。因为地板的材质很大程度上决定着房间的氛围，所以我想用无疤结的优质木材。

但比起崭新的地板，又想尽可能找一些旧的。

虽然崭新的墙面令人感觉很舒服，但地板就不一样了，那种过了很长时间用旧了的地板更令人放松，所营造的气氛跟新地板完全不同。

到了叶山后，从朋友那里听说有家不错的二手建材店，于是我便去看了看。

这家店里松木和杉木的地板木比较多，硬木的非常少。

我问店员："有没有以前学校的走廊和体育馆里，或者船的甲板上用的地板木？"

提出要求后，店员答应帮忙找找看。

两天后，店里来电话说找到了一套保存比较完好的栗木地板。不过厚度各不相同，而且大小也不统一，宽度在15厘米—30厘米，长度在180厘米左右。

为了以防万一，我提出让店员先拍照给我看看，对方立马发来了照片。

虽然有许多块已经变形了，但把弯曲的地方稍微加工一下也还是能用的。

于是，我买下了这些栗木地板。

之后，店里的K先生说："我们以前从来没进过成套的栗木地板，您这次太幸运了。"

7月14日

在设计图上纠结

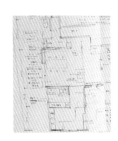

我每天看着设计图，一手拿着铅笔一手拿着橡皮，擦了又改、改了又擦。

"10公分"以销售为主，但如果能偶尔举行餐会、展览，那就更好了。而且，在没有任何活动的时候，还希望后面一间屋子可以当工作室。

因为我想在有限的空间里塞更多东西，所以桌子上的橡皮屑越堆越多。

也正因如此，我在设计图上不断隔出必要的空间，最后导致本应作为主业的销售空间不断缩小。

不过，也许销售空间小一点也不是坏事。

当然，这个空间说小虽小，但至少也有八叠大啊。"还剩这么大啊"，这么感叹着终于把大体的配置决定了下来。

7月18日

寻找燃气灶

今天，我去了新宿的"OZONE"看"日本家居展"。

此行一方面是为了给来年的个人作品展找灵感，另一方面是因为 OZONE 是展示各类家居用品的地方，我想来看看能不能找到一些适合在店里用的东西。

首先最想看的是燃气灶。

我觉得只看商品照片是远远不够的，还是想到店里看过实物之后再做决定。

从几年前开始（2008 年 10 月），政府规定日本市场上卖的燃气灶都必须装有一个叫"Si 感应器"的装置。这个装置可以监控锅底的温度，在锅内的油温达到燃点之前能够自动关火。

由于这个规定，以前使用的国外厂家生产的燃气灶都不能继续使用了，重新购买燃气灶时能选购的牌子也大大减少（也许，许多

114

国外厂家渐渐跟不上日本日益严格的安全保障要求了)。

我现在使用的燃气灶是法国 Lojel 公司生产的，我很喜欢它的白色搪瓷台面和旋钮。本想尽可能还买 Lojel 的燃气灶，但跟店员说明要求后，对方却回答："我们已经不再进口 Lojel 的燃气灶了。"我觉得再想买到同样的燃气灶是没有希望了。

我有个很执拗的想法，觉得灶上必须用明火。

虽然我知道在火力方面电磁炉已经完全不逊色了，而且燃气灶在安全方面也确实有很多劣势。但是内心深处总还是无法接受做饭时看不到火。

不管是柴火炉里的火苗还是野炊时的篝火，火燃烧时的样子让人百看不厌。

我想，摇曳的火苗是不是与人内心深处的某个地方有着密不可分的联系呢？

人们触摸后会被烧伤的火与冰凉的水，是厨房里始终存在的原始因素。

只是因为安全隐患的关系就把火从厨房中消除的话，我们的日常生活中还有什么直接接触火的机会呢？

如果一个小孩子在成长过程中没见过火，我们还有什么办法告诉他火的可怕与魅力呢？

因为火与人的动物属性有着深刻的关联，我觉得不能仅从安全和便利的角度出发就把火从生活中淘汰出局。

所以，我还是十分想要明火。

在寻找燃气灶的时候也抱定了这一想法。

由于"10 公分"空间有限，我放弃了与烤箱一体的燃气灶，决定在包含台面的类型里挑选一款。

最后选择的是丹麦 Electrolux 公司生产的一款不带烧烤架的四口燃气灶。材质是不锈钢。

不锈钢是诞生于 20 世纪的美丽建材之一，是一种可以使厨房等油污严重的地方随时保持洁净的建材。

但来了这里后我发现，不锈钢在厨房用品界的地位受到了威胁。

在 OZONE 看了一圈才知道，现在燃气灶的台面也开始跟电磁炉一样用玻璃做了。

我没有用过玻璃台面的燃气灶，不知道用起来感觉如何，但我听用过电磁炉的人说，玻璃台面在使用较重的铸铁锅时也不会有划痕，并且不容易沾上脏东西，真的非常好用。

玻璃竟然这么强，真让人吃惊。

不过（其实是一种顽固的想法），我们这些创作东西的匠人们有一个教条，那就是不要急于对新事物出手。

比如像漆与胶，它们是经过长时间的实证得来的最信得过的材料，因此我们才能放心大胆地使用。

漆已经经过上千年的考验，因此可以令我们安心。

这些没有经过时间考验的人工制品，以后还不知道会变成什么样，说实话我觉得不是那么值得信赖。

虽然负责接待的店员向我介绍了新款燃气灶，说它们装有温度感应装置，可以调节锅内的油温，而且还能在米饭煮好时自动关火，但我还是执拗地选择了老款的不锈钢产品。

8月4日
估价

我估好了价。

经过三次来来回回的修改，设计图纸和屋内的必需品都搞定后，终于到了具体施工环节。

我把施工项目整齐地写在纸上，在后面注明金额。虽然我不是很懂整个施工具体该怎么做，但是把费用合计后，发现总价贵得惊人。

这种建筑上的估价，绝不是一个外行能搞得懂的。我又浏览了一遍估价单，结果到最后也没能搞懂这个价格到底是贵了还是便宜了。不过这种情况下，只要观察一下建筑商的表情大概就懂了。于是我观察后，觉得这个估计应该还是挺妥当的。

如果委托设计师的话，估价部分应该是由设计师帮忙代算。那么只是估算这一个环节，就十分对得起需要支付的设计费了。

8月9日
地基

把房子的地板揭开后是这个样子。

这栋房子看起来像是大正时期建造的,用的建筑材料都非常粗糙。

支撑栋与梁之间的短木柱都是废物再利用,原本用在推拉门底部,我们能够清楚地看见上面还留有用来安放推拉门的两道卡槽。

房子以前应该是个厨房,现在还能看到左边有一个灶台的痕迹,灶台上方的墙上也留有熏黑的印记。

不过,这种瓦砾散布的样子还挺像文物发掘现场的。

8月10日

从天窗射入的光

今天我们揭掉了天花板。

天花板与主屋的结合部分还有点复杂。

而且，我其实觉得之前那片熏黑的墙壁挺有魅力的，但是想不出什么好的利用方法。

结果我转向里屋时，看到天花板被揭掉后变高了的屋顶，光秃秃的屋顶中间，阳光从一个方形的天窗射了进来。

这缕阳光一定会随着太阳的升落不停地在屋内变换位置。我不禁开始期待了。

之后我们定下了工地的负责人，是个叫伴在的年轻人。

盂兰盆节后，终于进入正式的施工环节了。万岁！

8月20日

开工，突如其来的问题

昨天，我们的工程终于开始了。

今天傍晚我去看时，地基已经打好。但我总觉得哪里不对劲。

靠近停车场一侧的地基好像太矮了，一般来说地基会比地面高出一块，而我们的地基几乎跟地面平齐，甚至比地面还低一些。

这样一来，下雨时立在地基上的木柱就会直接被雨水侵蚀，久而久之就容易腐烂。

我观察了一下周围，很快就发现了引起地基问题的原因。

由于原本前后两个房间的地面高度不同，打地基时便以前面比较低的房间为基准了，结果打到后面的房间时就无法保证应有的高度了（这是新手常踩的雷区吧）。

整个地基变矮之后，屋内的地面跟停车场一侧的地面一样高了。

这是一个严重的问题。

开工之后突如其来栽了一个大跟头。

不过施工方却表现得异常镇定，工程负责人说："做一下防水就没问题了。"

可真的是这样吗？我总觉得心里很别扭，总之今天就姑且这样，先回家再说吧。

8 月 21 日
还差 10 厘米

关于昨天的地基问题，我一直耿耿于怀。

昨晚回来之后考虑了很久，发现我之所以为地基很低而发愁，是因为我把这个毛坯房想成了一个可以脱鞋进入的房间。

因此，我突然意识到，把房间下面垫高一块是完全可行的。

把地面垫高之后，刚好可以弥补地基的缺陷。

于是我赶紧去跟工程负责人商量了一下，负责人赞成我的想法，最后我们决定把有问题的东侧地基进行垫高。

接下来就是门槛高度的问题了。

我希望门槛尽可能不要太高。

想让门槛的高度在不影响地基功能的情况下尽可能低，于是我把木板铺在地上当作地板，用尺子确定了地面的最后高度。

最后，确定了地面的高度后，我们发现还差 10 厘米。

8月24日

地板

我把送来的二手栗木地板摆在地上端详。

地板的背面还留有用锯子锯开的痕迹。

因为在明治以后人们才开始用电锯大规模作业，所以这些地板也许是明治以前的。

它们从照片上来看感觉还比较直，实际上里面有一些弯得很厉害。

我想这是由于原木材会天然弯曲的缘故。

那时人们把木材锯开后没有经过再加工就使用了。

每一片地板后面都有用粉笔标注的编号，按照编号进行排列，就可以严丝合缝地拼接起来。

8月28日

换了收音机

今天我来到施工现场时，一位木工师傅正在默默干活。

师傅话很少，是个勤劳的人。

我要求使用旧地板，然而这些地板，有的弯弯曲曲的，有的上面带洞，实在是良莠不齐。

但他还是给我铺得整整齐齐。

我每天都去工地上跟师傅讨论房间的布局问题。

比如，玄关的窗帘盒应该怎么安放，屋里的置物架做多高比较合适，或是新做的隔板墙与原来的实墙应该怎么衔接，等等。

师傅每次都会画出横截面图跟我耐心解释，不过我总是不能在现场马上接受师傅的建议，结果回家考虑了一晚上后还是觉得"果然得按师傅说的来"，最后总是以我改图纸而收场。

师傅一直带着一个收音机。

对于手头经常有活儿的人来说，收音机依然是重要的媒介。

　　我在工作的时候经常放音乐，而且早上也会听收音机。

　　现在有了高级的音乐播放工具"iPod"，即便在工作繁忙的时候也能一直听音乐，真的很方便。

　　关于不间断地播放音乐，以前有一种叫"Alto Changer"的唱片机，可以把十张唱片摞在一起，上面的唱片放完后可以自动撤掉，继续播放下一张。于是我突然觉得非常想要一个那样的唱片机。

　　实际上我今天去工地的时候发现师傅的收音机换了。一开始师傅用的是一个小收音机，他总把它装在一个皮套子里挂在墙上。今天我去的时候发现小收音机已经换成了收录一体机，师傅还给它做了一个专用的架子，好让它漂漂亮亮地放在上面。

　　这个举动很能反映师傅的性格，工作的时候宁愿多花费一些工

夫，也要让使用者更舒适。

"您换了收音机啊？"被我这么一问，师傅不好意思地说道："哎呀，也不是，之前那个不好用了。"

"您也喜欢听磁带吗？"

"不不不，我没有那个爱好。"

说完，他又立马开始干活了。

9月1日

电器的血管

昨天电工来到了施工现场。

如果在这个施工阶段不提前把电线布好，以后就没法处理了，现在是布线的关键时期。

电工干完活儿回去后，我大略看了看满屋的电线，不由得吃了一惊。

一间房子竟然需要这么多电线。

我才明白，如果要满足现代人的生活需求，家里面一定要有密密麻麻的电线分布着。

不过细细想来也确实如此。

电脑、手机、空调、照明用具，我们的生活有太多电器的参与，如果要满足每一个电器的用电需求，自然就得有一大把电线。

这些电线好比人身体里的血管。

我经常听到"全面电器化"这个说法，如果真的实现了，那我们的家将对电更加依赖。

提前通知的停电对人们的生活虽然影响不大，但如果是突然长时间停电会发生什么事情呢？我想影响程度将会大到令人恐惧。

停电的时候我们无法加热洗澡水，也无法做饭。

当然，也无法使用电暖气和智能马桶。

虽然希望可以持久安定地供电而不发生上述情况，但我们的生活过度依赖电器的话，真的没问题吗？

看着家中纵横交错的电器的"血管"，我突然想起一个问题：有些比较神经质的人非常依赖供电所的直流电，连干电池都不能接受，这些人要怎么过没有电的生活啊。

9月7日
窗户与簸箕

拆下防尘布后终于可以看出房子的整体外观了，房子的外墙上贴着保护膜，只有窗洞的部分被留了出来。

像我们这些不懂建筑的人，通常都是从日常居住在房子里的感受出发去思考建筑的，很少去关注建筑物的外观。当然，所谓的居住就是指生活在一个可以遮风避雨的场所之中，因此这种思考方式也无可厚非。

但是，建筑物的外观其实同样重要。比如我们在路上走着，从远处一点一点走近自己的家，这个时候的家呈现什么样子呢？如果刚好是傍晚时分，应该看得见窗子里的灯光吧。

那么窗子应该设计成什么形状呢？我十分介意这个问题。

其实，店面部分的窗户我打算用朋友免费提供的，从学校里拆下来的二手货。因为觉得这栋房子原本就是个老屋，跟二手建材更

搭调。不过遗憾的是二手窗户只有一对了，其他窗户必须使用新的。我很担心这样一来会不会不美观。

为窗户的事情烦恼的当口，顺势走进房间内，发现了脚边有一个簸箕，是之前在这里干活的师傅用的。

因为做木工活时产生的木屑很容易把电动吸尘器堵住，所以扫帚和簸箕至今仍然在工地上活跃着。

我的工作室也有好几把扫帚，按照大小各有不同的用途。

我很中意师傅的这把簸箕。

它不是从商店里买来的，而是师傅自己制作的。

把手部分做得很有水平。

我把它拿在手上试了试，无论是平衡感还是把手的形状都非常好。细节决定成败，这位师傅的确是个值得信赖的人。

9 月 18 日

外墙

一直被蓝色保护膜覆盖着的外墙终于要开始铺木板了。

之前房东还说："这些保护膜要贴到什么时候呀？"现在他的担心应该可以解除了。

外墙的墙板是竖着铺设的，这是因为考虑到房子前面是用砖头垒砌的，竖着的纹理显得更自然、更和谐。

而且，日本的老建筑大多使用竖着铺设的墙板，在这一点上、我也觉得竖着铺比较符合整栋房子的气质。

不过我毕竟是个门外汉，在建筑方面一窍不通，开始考虑外墙具体的施工方案时还是有点头疼。

9月23日

新的房梁

房子的天花板被揭掉后露出了钢筋做的房梁。

这个房梁原本并不是这样的，在使用过程中被改造过。

以前房梁是隐藏在天花板后面的，不会被直接看到，所以用钢筋加固一下也没有太大影响。但我原本是打算不加天花板的，所以绝对不能接受房梁是木头和钢筋交错分布的样子。

"怎么办才好呢？"跟施工方讨论方案的时候我问道。施工方只说了一句"确实很难办"，并没有给出明确的回答。

那之后过了几天，施工方打来电话："我们店里刚好来了一根合适的圆木，咱们可以把原来的梁拆了换上。"

施工现场总是会这样，"困难"与"解决方案"交替出现，我的头脑中就像有一辆过山车在运行。

问题是必然存在的，但是我们也会不遗余力地寻找解决方案。

解决问题的过程虽然称得上辛苦，但从某种意义上来说也很有妙趣（当然最后所有问题都妥善解决了）。

文字上方的照片正是今天刚换上的新梁。

新的房梁有三根，在天花板后并列着。

曾经支撑着屋顶圆木棒的短木和门槛都被换成了规整的方木柱。

之前我一直注意到的屋顶处裸露的木板看起来很舒服。

我想如果直接把它们刷成白色的话一定很漂亮，但是这种房子屋顶很薄，我担心如果不做处理夏天会很热。

一想到夏天烈日炎炎的场面就感到害怕，虽然很可惜，但最后还是在屋顶内侧装了隔热层，又加了天花板。

我属于设计感至上的人，只要设计出彩就可以忍受居住的不舒服。这次我也是实在没有办法了才做了妥协。

9月28日
柴炉的烟囱

换好了新的房梁，做好了天花板的框架，我们准备确定柴炉烟囱的位置。

没错，我打算在"10公分"使用柴炉取暖。

虽然这里空间狭小，但是我还是执意使用柴炉。我家里和工作室里用的都是柴炉，感觉非常舒服，它的热量仿佛能传递到身体的最深处，因此我不打算考虑其他取暖方式。

点燃木材取暖，我脑海中浮现出美国西部影片中野营的画面。

在无边的黑暗中，人们被篝火照亮脸庞，注视着火苗，一边喝着咖啡、威士忌，一边静静地交谈。柴炉带有一种野营的趣味。

我打算把烟囱设置成竖直形。虽然也可以设计成拐弯的，但是拐弯处容易积攒煤灰，时间长了容易造成堵塞。我认为让烟囱直指天空是最合理的设计，后期的维护也比较省心。

　　烟囱会出现焦油凝结、挂壁的现象，因此烟囱露在室外的部分通常都采用双层设计。室外的空气与烟囱内部的空气温差较大，烟气容易在烟囱内壁凝结形成焦油，这些焦油会堵塞烟囱，甚至着火形成火柱，十分危险。

　　我看了看天花板，发现当初预定的烟囱位置正好在房梁下方，因此必须把烟囱挪挪地方以避开房梁。最后用铅锤将房梁的位置垂直投于地面，像照片上示意的那样，再根据确定好的位置把烟囱的开口处向左后方移动了少许（照片中的圆圈是最早的烟囱位置）。柴炉在烟囱左边，右边用来堆放木柴，这样不会有安全隐患。

　　正巧这时工人们来给墙面装隔热层了，隔热层的外观是红色的，让人看着就感觉很温暖。装上了柴炉，又加了隔热层，我觉得终于可以放心地在这里度过松本的严冬了。

10月7日

虽然觉得没问题，但不免有些担心

终于到了粉刷外墙的阶段了。

这个阶段的重点是，房子面向大街一侧、铺着旧瓷砖的部分要如何与新铺的墙板相搭配。

关于这个问题我考虑了很多方案，最后还是觉得用做旧的墙板最合适。

然而这种看起来旧旧的感觉最好是自然形成的，人工做旧的效果往往达不到要求。

我们首先尝试了一下最常用的阔叶木材样品，不过效果不佳。

于是我想再试着找找有没有合适的涂料，最后找到一种叫"Wood Long Eco"的木材保护涂料。

根据包装上的说明，这款涂料是"很久以前北欧的樵夫家族代代流传下来的由天然成分制成的木材保护涂料"。

过了几天，我在工作室里谈到了这种涂料，有一个帮工的师傅说自己家船的甲板就使用了这种涂料。我听到后马上要求去他家看看——这种涂料涂出来的效果银中带灰，跟木材经过长期风吹日晒形成的样子很相似，而且颜色十分自然。

堆在外面雨打风吹的木材确实是这个样子的，由于工作关系这一点我还是清楚的，但我万万没想到这种颜色竟然可以用涂料做得这么自然。

最后我网购了这种涂料，涂料寄到的时候，我赶忙打开，是像上页图所示的颗粒状。

它需要溶于水中使用，包装袋上写着："为了防止配方泄露，本品不标明任何成分。"所以看了这个说明，我对它还是一无所知。

不过，除了信任产品，我也没有别的办法，于是今天就按照说明书把涂料涂上了。

根据说明书上的描述，这种涂料在涂上后的半年里会慢慢变色，我想那"10公分"开业的时候刚好能变成漂亮的灰色了。

完成后，虽然觉得问题不大，但还是不免有些担心。

10 月 10 日
屋顶

　　我原本没打算换屋顶。但因为这个房子很久没有使用，屋顶很多地方都生锈了，所以大家都说最好还是换一下，不然用不了多久就会漏雨。

　　也是因为预算的关系，原本我打算只修缮一下破旧的地方，不过对老屋的改造往往无法按照预算执行。

　　我的这种做法就像牙疼了之后才去找牙医。

　　原本我只想治疗一下疼的那颗牙，结果发现旁边的也是颗蛀牙。然后顺便也清除一下牙结石吧。这时医生会说："既然都来医院了，不如顺便把所有需要治疗的地方都治好吧！"于是我也爽快地说："好的，那就麻烦您了。"这种看牙医的心情和我现在修房子的心情简直如出一辙！因此，我在大家的劝说之下采纳了"全部修理"的建议，从地基到屋顶全都换掉了。

而且大家说的"将来可能出现的麻烦"都是显而易见的，所以只好按他们的意思全部修缮。

于是，我第一次登上了"10公分"的屋顶。

这个房子的屋顶太奇特了，竟然向下凹陷呈 V 字形。

我想房东是想把后面那间屋子与作为店面的前屋连起来，才把屋顶做成这种奇特的形状。

落在屋顶上的雨水会汇集到 V 字的最底部，接着又穿过两侧的四角形开孔沿着排水管流下去（这里的排水管是陶制的，房东山屋先生家从江户时代开始就经营一家糖果屋，同时也经营瓷砖和陶器，我想这些排水管用的应该是自家存货）。

屋顶的坡度也比较奇特，与母屋的连接处并不是水平的，而是像在朝远方延伸一般稍微有些仰角。

修葺屋顶的金属板材店师傅看了这样的构造感到很佩服。

据师傅说，盖房子的人在天窗以及灶台的通风口周围都设置了集雨斗，在及时排水方面确实下足了功夫。

盖房子的人对天窗的处理确实很出色，看来他们不但技术过硬，而且很有品位。

10 月 19 日

放入桌椅

所谓的施工现场就是未完成的样子。全部竣工后会是什么样子呢？坐在这里看书会有什么感觉呢？我还是很难想象。

我打算将一间小房间用作书房，当初在讨论房屋构造时原本计划在这里加一个立柱。因此，我当时对于如何围绕柱子放置家具也考虑了许多种方案。一直在想："还是不能不安这个柱子吗？"

因为一直对这个杆子耿耿于怀，所以问了施工方好多次："这个柱子是必不可少的吗？"我觉得这个地方设置柱子间距太大了，起不到很好的支撑作用，而且房梁也足够结实了。但我的建议从未得到过首肯。最后没有办法了只好放弃。今天我跟做木工活的师傅聊天时，他突然说："我觉得可以不要这根柱子。"我被吓了一跳，赶紧追问道："真的没问题吗？"如果真是这样，那我悬而未决的心事终于可以了结。事不宜迟，我赶紧去找施工方取得了他们的同意，然后开始考虑没有这根柱子的室内布置方案。对于我们这些外行来

说，即便头脑中有一些想法，也需要跟专业人员逐一讨论方案、磋商意见。我感觉这次的讨论将会很顺利。

我一个人留在正在施工的房间里，思考新的方案。不过房间已经是半成品了，我觉得与其在图纸上做文章，不如实际体验一下来得容易，于是马上回家找了一套简易的桌椅带到了施工现场。我坐在椅子上，切身感受着光线从窗口射入的感觉，体会着房间的空间感。如此一来，关于如何布置房间，就自然而然有了答案。我以实际使用时的心情确认了吊柜的宽度和深度，又再次坐在椅子上感受手与桌面的距离、桌椅与其他家具的距离。我还从远处观看、变换角度观看，真是一小段愉快的时光。

最后，我稍稍改变了计划，将第一件要制作的家具定为可以相对自由摆放的桌椅。

10月22日

剩余的工作与收尾

　　有一种说法，叫作"朴拙胜雕琢"。这有点类似外行的创意往往胜过专家们的高超技艺。外行的创意有一种特殊的魅力，这种魅力是无法通过反复训练得到的。

　　同理，在装修老屋时，要由住房子的人根据自己的想法去制作方案。虽然我们不是专业人士，但有点类似于上述情况，所以最后的装修效果往往很有魅力。

　　当然，我们并不是刻意以不专业为目标（如果刻意为之反而没有特点了），我们只是诚实地按照自己的感觉去做一个让自己舒服的空间罢了，至于最后的效果怎么样，几乎全凭运气。

　　对于翻新来说，我们要改装哪里、保留哪里，其间的平衡与审美很重要。

　　专业的建筑设计师（木工界也是一样）总是习惯运用已经掌握

的知识与技巧自动地做出取舍，这免不了有点过度加工之嫌。

而外行什么专业知识都不懂，这反倒是一件好事。他们会全凭自己的感觉去装修，有时做出的效果比专业人员做的感觉更好、更有韵味、更大胆、更自由。

房子一旦有人住进去，总会体现出住户的特点和习惯。

所以我觉得房子果然也是有"人格"的。

当然，也不能说只要是外行装修出来的房子、店面就什么都好了。

其实外行的作品往往在细节处理上太过粗糙，多数只有氛围还不错。

对于"外行常胜过内行"，指的是居住者在装修上有时会表现出自由的精神（这种不受拘束的想法，专业人员是无法通过提高技术而得到的）。

我忘记是哪本书了，只记得是一本讲建筑的书中，有这么一句话："对窗帘盒的处理很重要。"

整个窗帘的构成有金属帘轨、挂钩、使窗帘有起伏感的褶皱等等，窗帘的上方其实有许多部件，看起来不免有些烦琐。

书里想说的论点大概是这样的：如果在出设计方案时，能够连窗帘的细部都考虑进去，那这个设计师一定能做出好建筑。

照片里是"10公分"入口处的样子。

下面挂的窗帘还是原来的旧物，但上面的窗帘盒是新做的。

我把挂窗帘的位置提高到跟窗帘盒差不多高，使窗帘的上部被窗帘盒盖住一点。

关于这次装修，我只是尽我所能罢了，所以这些细节也想尽心去处理。

我不喜欢外行做的装修的主要原因是，他们总是粗枝大叶，忽略对细节的处理。

有些人的装修风格，像是做某些东西时突然掐断，然后强行拼合上别的东西一般。以这种"强行搭配"的工作方法做出来的东西，给人一种混乱的感觉，一点也不漂亮。而且，走进这类房子，人们还会感到眼花缭乱、无所适从。

与设计的精彩之处相反，这些是外行常有的短板。

怎么说呢，这些问题只是做工太粗糙的问题吗？

对于这次装修，我还不敢说对自己的方案信心十足，不过我至少在尽量避免"强行搭配"，尽量把细节处理得漂亮。

10月24日

架子隔板的支柱

店里最惹眼的当数这个三层展示架了。

我打算在展示架的下方再放一个带轮子的储物小柜。

横跨整面墙需要有 2.1 米，确实有点长了。于是我想把架子做成有拐角的，然后在前半部分加上支柱。

但做好之后，我是横看竖看都不满意，觉得支柱会有影子投到架子上，看起来很别扭。

当时在画图纸的时候我觉得整个架子的长度很长，所以木工店也建议我加上支柱，于是在每个长格子的中间竖着加上了支柱。

然而实物被做出来后，我发现置物区域看起来也没那么长。

我觉得这个长度应该还可以，放一些东西大概还是撑得住的，于是想去掉中间的立柱，改为后面加衬板进行支撑。但这毕竟是木工师傅专程给做的，所以不好意思提出修改意见。

可即便心里劝自己接受这个方案不再修改，最后还是没憋住。

我对木工师傅说了自己的想法，结果师傅很爽快地回答道："好的，我明白了。"我感到如释重负。（呼！）

架子做好后，这里终于有了点商店的样子。

虽然无法改变房间空间狭小的现状，但只是放一个二层置物架就可以摆放许多直径一尺以上的大器皿。

我原本就不是很喜欢很大的店面，理想中的小店就是精致紧凑型的，看来这一愿望基本实现了。

10 月 26 日

终于开始装修里屋了

　　店面部分的木工活基本完成了，终于要开始装修里屋了。

　　这里曾经是房东住的地方，我把厕所部分也一并租了下来，现在准备从厕所开始着手装修。

　　这里跟店面空间不同，从残留的器物上还可以隐约看出当时选用了豪华的装修风格，使这里的气氛显得略有不同。

　　厕所里工工整整地装着一扇窗子，窗子的设计有种松叶的意象，走廊里的窗子是个上下活动的推拉窗，当你把窗子往上拉时，它便哧溜哧溜地滑进墙中的收纳槽。

　　不过我们这个时代也有建筑家和设计师。

　　做木工的师傅不但有良好的技术，还有很好的创意与品位，他可以根据房间的特点提出合适的解决方案。

　　木工师傅先把旧式装修的意象收进脑中，然后像打开抽屉一般样把合适的创意拿出来，再经过一番琢磨，最后确定好方案。

因此，我认为当今的木工师傅不但要有高超的技艺，还要对设计有很好的理解。

这位拥有"脱俗品位"的木工师傅在社会上一定有着很好的口碑，甚至走在路上都会有人远远地向他打招呼吧。

我现在站着的地方原本是走廊的尽头，只是为了给走廊采光而设置的，完全没有什么其他用途。

光线透过毛玻璃后变得很柔和，我最初看到这个昏暗又狭窄的空间时，首先想到的是可以放置一盆插花。

但对"10公分"的设计图进行一番修改之后，我又放弃了这个想法。

因为除了厕所，我还需要一个洗面台。

果然，要留下一个没有具体用途的空间是很难的。

这里的改造是这样的：左侧的墙拆掉了重新垒，右侧则保留。走廊里的柱子和窗框也保留了下来，只是清洗了一下，我觉得新物和旧物能够看起来和谐就好。

10月29日
厕所的瓷砖

随着工事的进展，室内的装修只剩厕所部分了。

我原本打算只保留厕所的窗子，其他部分全部拆掉重做，但考虑到窗框与墙面的连接处较难处理，最终觉得或许把这堵实体墙保留下来比较好。

我清洗了柱子和窗框，但瓷砖上的污垢难以清除，于是打算把瓷砖全部换掉，然后把墙面刷成白色，这样一来应该也挺清爽。

厕所原本的地面用的是一种不能穿着鞋踩踏的材料，我把它们替换成了无垢板材，希望能做到既保留一些古旧的元素又能给人清洁的感觉。

我把想法与伴在先生在电话中说明后，立马就得到了认可。傍晚来到工地时，看到他已经在用凿子和锤子凿瓷砖了。

不过凿瓷砖怎么说也不是木工分内的活儿。

最上面的瓷砖黏得很结实，凿的时候会一点一点地碎掉，让人感觉这个工作挺危险，不过奇怪的是最下方和拐角处的瓷砖却很好弄，轻轻一凿就会整块掉下来。

伴在先生说，如果这个步骤处理得好，下一步的粉刷工作也会比较容易。

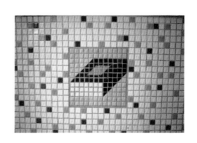

11月1日

马赛克

烟铺的店面部分有个小小的柜台，柜台前面有一幅用马赛克拼成的方形图案。我想，以前肯定有一个可爱的小姑娘（或是老奶奶）坐在柜台的后面吧。

马赛克这项技艺早在公元前几千年就诞生了，所用的材料有大理石、玻璃、瓷片等。马赛克不能像画笔那样运用自如，但这种创作上的限制条件更增加了它的魅力。

当然，"10公分"的马赛克图案也不是很精细的那种，但对于喜爱这种艺术的我来说，能留下这件作品就已经开心得不得了了。

因为这家小店也曾经营过瓷砖、马赛克，所以贴砖的工匠在贴的时候也加以润色了。有些砖片被切成了三角形，有的地方为了做出阴影的效果使用了颜色略深的砖片。最后做出来的效果很大方，还有点朴拙，这就是马赛克的魅力。

11月6日
木工作业结束

整个工事是盂兰盆节过后开始的。

一开始施工方预计两个月便可完工，但最后工期大幅滞后了（不过建筑工事就是这样）。

到了今天，木工作业终于全部结束了，我去的时候原本散放在地上的工具与建材都整齐地收在了一起。

每次去工地时看到的都是未完成的状态，感觉所谓的工地就是永远都在施工中。

那时我拿起相机想取个景，但透过取景框看到的都是施工中的样子，拍的照片不免有些单调。

我想，如果没个焦点景物，那就无法拍照了。

有时有朋友会过来看看施工情况，他们看到施工中的场景大都没发表什么意见，只是默默地看一会儿，然后说句"不好意思打扰啦"

就回去。

　　如果只看施工现场，真的无法想象这是一个怎样的空间。

　　不过，今天经过一番收拾，"工地"变成了"房间"，整个空间顿时明朗起来了。

　　现在我们可以看到头顶的单面坡屋顶、矮矮的间壁墙和放着火炉的取暖空间。

　　当墙面都粉刷成白色后，屋子里面也变亮堂了。

11月7日

粉刷匠的艺术

木工做完后整套房子的雏形就有了。

这段时间一直在这里作业的木工师傅换成了粉刷店的左官屋先生。

有意思的是，做工的人换了，工地的氛围也随之一变。

家装行业里包含了许多工种，根据从事的工种不同，师傅们的气质也各不相同。

职业可以塑造一个人，我对这个话题很感兴趣。

不同的工作接触到的事物不同，工作标准不同，工作核心不同，这些不同会在工人的气质中表现出来。

话说回来，这在我们手工艺界也是一样的。

举个例子，工种的不同能够体现在喝酒的方式上。

比如陶艺家，因为烧窑，有时一连几天需要彻夜看着火候，在

这期间一定会在手头放些酒，长此以往，养成了在工作时间喝酒的习惯。

但像我那些做木工的同僚，会经常使用电锯等危险的工具，所以工作期间是绝对不会喝酒的。

而且，不知是因为木工们从事的工作比较精细，还是原本从事木工的人里面就有很多人性格一丝不苟，总之大多数的木工在任何场合下喝酒都很有分寸。因此，如果陶艺家与木艺家一起喝酒的话，晚上十二点之前木艺家一定都走光，剩下的都是陶艺家。而且，陶艺家一定还会拖拖拉拉地喝下去。（当然我说的这些只是一种倾向。木艺家里也有拖拉派，陶艺家里也有节制派。）

言归正传，粉刷师傅来到工地后，首先把墙板之间的缝隙与螺丝部分涂上了油灰，把整个墙面处理得平滑了一些。

粉刷师傅这么做的目的是对墙面先做好初步的处理，所以只在需要涂油灰的地方涂上油灰，涂完之后就像上图所示，那些部分就像非洲人在布上印染的图案。

　　我觉得这些图案挺艺术的，很想把它们保留下来，再在上面刷一层涂料实在太可惜了。

11月10日

如何分区？

今天粉刷师傅也来了。

这次装修用在室内的涂料有油性漆（OP）、水性漆（AEP）和灰浆三种。每种漆的使用方法因人而异，油性漆有光泽，水性漆很清爽，像垫子一样很有质感，人们往往根据装修需要区别使用。油性漆又叫油漆，因为防水性强，室内室外都可以使用，我在触手可及的地方都用了耐脏的OP。

此外，面积比较大的墙面，我选用了自然感较强的水性漆。

照片里展示的是面向院子的垃圾口部分，这里是室内室外不同涂料的汇合处。

哪里是室内范围，哪里是户外，我觉得有必要从涂装上进行划分。

这种划分在工地上被称为"分区"。

需要涂装的部分，室内一侧写着"白色OP"，室外一侧写着"Wood

涂装前

不单是在这个地方，运用多种涂料进行涂装时，不同涂料之间应如何配合，以及如何对分区进行判断，这些都需要较高的技艺。

涂装后

这张照片是涂装完成后的效果。可以看出，上一图中黄色胶带上标明的指示，完工后的效果一目了然。顺便一提，最左侧是涂灰浆的部分。

Long Eco"。

　　这种分区涂装的方法，和我们做木碗时在碗的内侧涂白色、外侧涂黑色的做法很相似。不管是把碗的内外涂成不同颜色，还是把碗底的高台涂成别的颜色，都需要判断颜色从哪里进行分区。无论哪种情况，只要是做分区，我们都必须找到一个明确的拐角。

　　因为半途换上别的颜色会很难看，所以都以拐角作为天然的分区线。不过具体在哪里进行分区，没有长时间的实践经验是很难决定的。

11月14日
学校的窗子

　　我现在用的窗子曾经属于伊那地区的某个小学。

　　这扇窗子之前妥善保存在我的老友、陶艺家岛琉璃子那里。岛女士曾计划在自己工作的柴窑旁边盖一所房子。一天，她听说有一所学校被废弃了，于是赶过去要了一些窗子啊什么的可以用得上的建材。这些建材刚好够一间房子用的。

　　因为"10公分"玄关处的木拉门是旧的，所以考虑到搭配，我想尽量装个类似的旧窗子。当时想，如果问问岛女士的话，她或许会让给我一个旧窗子，于是拨通了她的电话："不知道您能不能让一组窗子给我？"岛女士爽快地答应了，还在那堆旧窗子中帮我选出了一组保存状况较好的。

　　我根据得来的窗子确定了店面窗洞的大小。

　　之后还打算在这个窗子旁边种几棵树，就像在教室里能看见窗外的树木一样。

11月20日

玄关门要怎么搞？

关于玄关门，我打算把室内全部装修完后，根据整体的效果来决定样式。

因为是旧房子，所以在装修时哪里需要改动、哪里可以保留，两者之间的平衡很重要。因此我并没有在一开始就把装修方案全部制定好，而是边装修边思考。玄关的门原本打算保留旧木门，只略作清洗。但清洗完了才发现门上有许多地方油漆已经剥落，斑斑驳驳的样子一点也不好看。于是最后重新上了漆。我有一个浅灰色的台灯，特别喜欢它的颜色，所以打算按照这个颜色去调色，不过真的很难调（最后调成的颜色略带青头）。毕竟金属上的镀色与旧木头上的涂色是很难一致的。

玄关门终于上完了漆，因为觉得这个颜色跟房子整体很和谐，所以我把窗框也涂成了同样的颜色。这扇窗子是面对室外的，因为要经常被风吹雨打，从长远性考虑，还是涂一层漆比较放心。

11月23日
白色油漆

洗面台旁边的窗子留用了原来的。

所以这扇窗的窗框、窗棂都呈现出木头用旧了的黑色，整个屋子里只有这扇窗还保留了日式建筑的深色调。

其实关于这部分究竟该怎么处理，我现在还不清楚，必须随着工程的推进，根据整个房间的装修效果来决定。

前文中我曾提到"希望可以使新的地方与旧的地方产生共鸣"，其实我是想尽可能地多留下原有的旧物，至于能不能做到新旧共鸣，则要依现场的效果而定。

可是日式的旧物自身带有强烈的特有氛围，这种特有氛围比我想象得还要浓重。

经过一大面白墙来到里面，只有这里带有浓浓的和风，这股和风就在此残留着，很难融入整个环境。

所谓的共鸣真的很难做到，我觉得怎么也不能顺利进行下去了。

于是，最后还是决定把洗面台旁边的窗框、窗棂全都涂成白色。

由于我还能挤出点时间，所以这里的上漆就自己做了。

因为本来就特别喜欢给物品涂颜色，所以我想干得不得了。

当窗子被涂白的一瞬间，它顿时展现出了不同以往的表情。

总觉得它有点像旧时医院的窗子。

这个之前看起来一直比较沉重的地方，一时间变得明朗了起来。

我再次确认了一点，那就是用油漆涂白可以使整个空间的氛围发生极大的改变。"白色"蕴藏着巨大的力量。

11月25日
走水管线的地方

我打算将玄关门、洗面台和厕所这三处保留为原本的样子。

玄关和洗面台处我都重新刷了漆，但是厕所这里的窗子、窗棂是松叶造型的，所以实在没法刷漆。

因此，最后只有这个部分是按照原计划完全保留了旧貌。

我总觉得这里的色调跟整个房间的氛围还是很搭调的。

走水管线的地方总是渗透出生活的气息。

厨房、浴室、洗手间这些场所都沉淀着以前生活的时光。

因此，我们很容易在这些地方花心思。

而且这些需要用水的房间是我们特别希望保持清洁的，对住户来说，可以心情舒畅地使用这些空间很重要。

完工后的最终效果如上图所示。窗台上放着一个用旧的白铁皮急救箱，里面放了两卷替换用的卫生纸。

11 月 30 日
遮阳棚

换成新的了。

以前的遮阳棚是红白相间的竖条纹配色，我把它换成了奶油色。有一些银色的金属配件也被我涂成了白色，站在店门前一看，整个小店的色调非常明快，给人一种马上就要开张的感觉。就像我们虽然穿着旧夹克，但只要换上了一件新衬衫，心情也会顿时明朗起来。

遮阳棚的金属支架沿用了旧物，还能很顺滑地拉开。店面的门是朝南的，令我感到意外的是，这里冬天采光也很好，所以觉得有必要装个遮阳棚。

"10 公分"的旁边有一家卖职人工具的店。每天有很多工匠在这里出出入入。这家店也装了一个遮阳棚，阳光比较强烈的时候，店里的老婆婆就会很熟练地摇着一个铁手柄放下遮阳棚。

我看着遮阳棚被摇上摇下，突然深切地感受到这个简单的动作是多么可爱。其实要说开店，便是每天打扫店门前，擦干净地板和货架，摇下遮阳棚、摇上遮阳棚，一天就结束了。然后每天不断地重复着。

12月7日

地板上漆

工事拖延了，感觉完工遥遥无期，我决定先从装修好的房间开始，给地板上漆（因为看起来好像永远都在施工中，哪怕是一个房间也好，我都特别想看看完工后的样子）。

上漆的涂料是从粉刷工人那里借来的。然后去画材店买了一个1.5厘米左右的平刷，先从踢脚线部分开始刷起。

踢脚线部分使用的是家里的胡桃木，涂完清漆后颜色变得很深。

地板用的是二手的栗木地板，每一块地板的色调和木纹都不一致，乱七八糟的，我很惊讶当年的地板质量竟然是这种水平。

现在我自己家用的也是栗木地板，跟这里的地板完全不同。

清漆上完后，全部完工的样子终于可以略窥一斑（整个房间是长方形的，面积大概有四叠半）。这个房间的面积比预想中要大一点，因为原本有一个柱子说不能去掉，结果最后还是给去掉了。柱子去掉后整个方案更加优化，给人的感觉也更舒服了。

　　房间的东边和南边墙上各有一扇窗，中午之前房间里可以一直洒满阳光。

　　因为这个房间与隔壁的房间只由一道矮墙相隔，所以这里的光线也能照到隔壁去吧。

　　由于房子原本就很狭小，我最担心的就是房间小得不像话，不过看完装修效果，我可以暂时放心了。

12月16日
室外灯

　　我原本打算留用原来的室外灯，但整个工程都快结束了，室外灯还处在完全不能用的状态。

　　来装修的电工以灯的某个部件上有个裂缝为由，拒绝处理这部分。灯上的裂缝并不大，我用环氧树脂黏合剂把裂缝处补好，又在上面涂了一层白色的油漆后就看不出来了。这种程度的维修对于专门的电工来说当然不在话下，结果他们好像都不愿意做。记得从前的家电维修店，不管是收音机、电视机还是烤箱什么的，只要我们抱了去，他们一定会用各种方法给修好。

　　在孩子们心目中，家电维修工就像给电器看病的医生，特别厉害。我听到现在的电工们因为"电灯的接线太短"而发愁时，觉得实在是不能理解。

　　当我问他们为什么发愁时，他们回答道："万一出了什么问题，可真是担当不起啊。"

当然如果换位思考的话，在当今社会，客户投诉的问题的确让人吃不消。由于客户的索赔，很多大企业破产，从这一方面我也可以理解他们为什么特别谨慎。单从这方面来说，现在真是个烦人的时代啊。

我感觉现代社会对一些东西的追求太苛刻。

一些具有技术经验的专业人员明明可以进行修理，但他们被笼罩在"万一出事了可担当不起"的阴影下，无视眼前消费者的需求，不肯伸手帮忙。

原本是为了保护消费者的一些法律、条例，最后却造成了商家害怕索赔而不愿意负责，助长了商家与消费者之间的责任推诿。

保护消费者的法律，变成了最让消费者头疼的法律，这实在是太奇怪了。

把灯再次点亮，是"10公分"的主题之一。接过曾经熄灭了的灯，再次点亮。这个室外灯便是继承与发展的象征。

虽然它很旧了，但是毕竟是以前的产品，构造十分简单，学过一点物理知识的人对它稍加修理后，还可以用很久。

这盏灯究竟何时才能亮起呢？

12月20日
竣工

终于竣工了。

工程是从八月盂兰盆节过后开始的，到现在正好四个月。

在这期间，我几乎每天都来现场，现在终于可以松一口气了。

这段日子我的日记像是外行开店的奋斗史。

一个经验全无的外行人在搞装修，最好的办法就是在每一个装修阶段开始的时候都到现场跟师傅们直接沟通交流。

不过，其中也有几天我因要参加展览去了别的地方。

回来时也发现有很多自己没有想到的问题，不过最终这些问题还是在大家的帮助下解决了，工事能够顺利完成真的太好了。

而且，通过这次装修，我学到了很多东西。

这个过程真的很愉快。

感谢大家。

此后的「10公分」

由于受到空间限制，我没有办法举行一次性招待大量观众的大型展览。但是，一定有除非小空间否则完成不了的事情。在前文我曾经写到，我非常喜欢参加在只能容纳十人左右的小餐厅举办的餐会。这是因为在小餐厅里，整个房间都弥漫着饭菜的热气，我很喜欢一边品尝美食一边与身边的人亲密地度过快乐时光。因此，我希望把"10 公分"做成这种风格的店。

我住在一个小房子里，开着一辆小车，经营着一家小店。我做着一些小勺子、小积木。我自己也不明白，为什么会特别倾心于小的东西。

我想或许我的爱好是基于"人"这一理念吧。人站立的姿态，人伫立时的样子，我被呆呆地立在那里的人所吸引。人们即便被许多朋友包围着，依然还是孤单寂寞的存在。人们无法避免活在孤独之中。

契诃夫的小说中有一篇写的是一位负有盛名的医生，无论走到哪里都受到大家的欢迎，但他在知道自己只剩半年寿命后，即便是在家中跟家人待在一起，也感到十分孤独。他被跟女儿吵架等常人也会遇到的家庭琐事所困扰着。其实所谓的名声，是跟本人没有太大关系的。或许本人曾为之付出了努力，但名声基本上可以看作是一件华丽的衣服。无论我们穿着什么样的衣服，我们的内心都是裸露的。我们胆小、狡猾、孤僻、自私。不管我们做什么都无法变得伟大，人类就是这样的生物。

孤身一人生活在城市里，孤身一人看世间繁华。我之所以对小的东西特别有感触，正因为我略微感受到了人类的悲哀，感受到了人们孑然一身的凄凉。

我喜欢会制作东西的人。这是因为制作东西的时候，作者会瞥见人类本身的赤裸性。不管我们有多少年的工作经验，每次制作时，一定会回到原点。我想，如果"10公分"可以与制作东西的人建立起联系，能接触到他们的"根"就太好了。

店铺像是人与人之间的车站。作家、顾客、器皿和厨师。我脑海中浮现出与各行各业的人们会面的场景。今后的十年也一定会与过去的十年相连，而这里一定会成为我遇见更多未知的场所。

响亮的声音、较大的动作幅度容易博人眼球。然而一个好的作品未必具有此类特质。有许多优秀的作品乍看起来平平常常，其中却有一些深入人心的东西。比如一件普通的白衬衫，当你发现上面带有一些优美的线条时，你会顿生欢喜；再比如一只白瓷碗，当你发现它表面的釉质、色调都恰到好处时，你会特别想立马买下。虽然这些东西一眼看过去并不起眼，甚至很容易看漏，但它们依然给人以鲜明的印象与强大的说服力。或许这种特征与我们所说的表现力、个性等不同，但它们让我们意识到此处有某种很重要的东西。

无论是批量生产的东西还是手工制作的物品，都是在使用者不在现场的情况下由生产者自由制造的。对于使用者来说，虽然批量生产的东西没有性格，但匠人们制作的东西充斥着五花八门的个性更让人心烦。显然，我们想要的不是这些，而是用更接地气的思维方式去做出一些更普通的东西。我想，如果我们在制作东西的过程中把着眼点放低，重新审视一番人们的生活，就能合上人的眼光了吧。

我在制作东西的闲暇会画些画。制作出来的东西对人们的影响是潜移默化的。与此不同，人们在看到绘画的一瞬间，心就会被揪住（这时我会放下自己的画），身体会受到直接的影响。我认为为了我们的美好生活，这两者都是不可或缺的。

"10 公分"，是只漂浮在城市海洋的小船。今后这一叶扁舟将要驶向何处呢? 我十分期待。

2011 年 12 月

特别感谢以下各位的支持：

　　有贺杰　在田佳代子　安藤雅信　石桥 Kaori　石村由纪子　系
井重里　伊藤 Masako　伊藤博敏　内田钢一　大谷哲也　大川照男
Oya Minoru　刚泽悦子　冈田直人　小苍万人　尾崎谦次　金泽知之
Carco 20　菊池省三　木下宝　串田和美　久保原真理　Crafts Fair
松本　Co-magnon　贝目胜美　贾田干夫　"工艺的五月"策划部　坂
田和实　猿山修　岛 Ruri 子　须藤刚　须长坛　关昌生　高桥良枝　武
井义明　武田智子　竹吴勇壹　和美　Tanao Takashi　中泽胜男　中
古耿一郎　中村好文　中岛九美子　中村夏实　丹羽贵容子　广濑一
郎　古厩由纪子　保里享子　boncion　真木千秋　松本朱希子　水野
Naomi　宫崎桃子　宫泽博邦　（株）宗政　村上跃　Mone工房　百濑
义晃　吉田裕子　山川 Michio　山本千夏　山屋御饴所　横山浩司　渡
部浩美　渡边弥绘　渡边有子

　　（敬称略·以五十音为序）

　　以及来过"10 公分"的每一个人。

　　本书第三章以《日刊 Itoi》的连载专栏《三谷龙二的新场所"10
公分日记"》为基础，增补、修改而成。

责任编辑：林　群

执行编辑：王　怡

责任校对：杨轩飞

责任印制：娄贤杰

特约编辑：余梦娇

装帧设计：苗　倩

内文制作：李丹华　　苗　倩

图书在版编目(CIP)数据

　　10公分 / (日) 三谷龙二著；王彤译. -- 杭州：

中国美术学院出版社, 2019.2

　　ISBN 978-7-5503-1868-7

　　Ⅰ.①1… Ⅱ.①三… ②王… Ⅲ.①散文集—日本—

现代 Ⅳ.①I313.65

　　中国版本图书馆CIP数据核字(2018)第275125号

10公分

[日]三谷龙二 著　　王彤 译

出　品　人：祝平凡

出版发行：中国美术学院出版社

地　　　址：中国·杭州市南山路218号　　邮政编码：310002

网　　　址：http://www.caapress.com

经　　　销：全国新华书店

印　　　刷：山东临沂新华印刷物流集团有限责任公司

版　　　次：2019年2月第1版

印　　　次：2019年2月第1次印刷

印　　　张：6

开　　　本：787mm×1092mm　1/32

字　　　数：42千

书　　　号：ISBN 978-7-5503-1868-7

定　　　价：62.00元